KB250795

도움 주신 분들께 감사드립니다.
반기문 유엔 사무총장님, 신현순 여사님, 반기상·반정란 선생님
노신영 전 국무총리님, 추규호 외교부 대변인, 박노벽 외교부 구주국장, 장욱진 장관 비서관
충주 교현초등학교 한승수 교장선생님, 충주중학교 김경복 교장선생님, 오진택 교감선생님
충주고등학교 한상윤 교장선생님, 신장범 한국국제협력단 총재님, 장재룡 대사님
윤병세 청와대 외교안보수석, 김성태 선생님, 허문영 사장님, 서울대학교 안청시 교수님
한지원 선생님

본문 사진 외교통상부, 연합뉴스

바보처럼 공부하고 천재처럼 꿈꿔라

신웅진 지음

유엔 사무총장 당선 후 5년간의 헌신과 새로운 출발

크레용하우스

청소년들의
꿈을 위한 멘토

'바보처럼 공부하고 천재처럼 꿈꿔라'가 나온 지 어느덧 5년이 흘렀습니다. 그동안 반기문 유엔 사무총장은 지구온난화 등 글로벌 이슈와 세계 평화를 위해 동분서주했고 그 노력을 인정받아 연임에 성공했습니다.

더불어 이 땅의 청소년들은 그 누구보다 존경하는 인물로 반기문 유엔 사무총장을 주저 없이 꼽게 됐습니다.

제가 반기문 총장을 알게 된 것은 15년 전으로 거슬러 올라갑니다. 서울 송파구의 한 아파트의 같은 동에 살았던 것이 인연이었습니다. 당시 나라를 뒤흔든 외교안보 관련 사건이 있었고 이후 집 앞에는 경찰이 상주하게 됐습니다. 당시 반 총장은 청와대 외교안보수석으로 경호의 대상이었기 때문입니다. 주변에 소문이 날 법한 이른바 고관 대작이었지만 그분도 그리고 가족들도 너무나 겸허하게 지내 비로소 그 존재를 알고 주변 사람들이 놀랐습니다.

이후 저는 24시간 뉴스전문채널 YTN의 기자로서 외교통상부를 출입하게 됐고 반기문 장관을 다시 만나게 됩니다. 유엔 사무총장 출마 과정에서 당선까지의 과정을 취재했던 기자로서 가까이 지켜본 그분의 모습은 기대 이상이었습니다. 어쩌면 너무도 교과서 같아서 재미가 없는 사람이라고 할 수도 있습니다. 하지만 한때 사회지도층이라 불렸던 사람들이 어느 순간 부정부패의 장본인으로 등장하는 뉴스가 일상화된 요즘 청소년들이 이처럼 존경할 인물을 찾기도 쉽지 않다고 생각했습니다. 그런 이유로 이제부터 반기문이라는 사람이 전쟁 직후 어려웠던 시절을 지나 어떻게 오늘날 유엔 사무총장에 이르게 됐는지를 이야기해주려 합니다.

간략하게 세 가지를 강조하고 싶습니다.

첫째, '실력'이 있는 사람은 많다고 할 수 있지만 '인품'까지 갖춘 이를 찾기는 쉽지 않습니다. 하지만 우리 사회에는 분명히 그런 인물이 있고 세계도 인정해줬다는 것입니다. 우리 사회의 미래를 위해서는 앞으로 우리 청소년들이 그렇게 자라나야 한다고 믿고 있습니다.

둘째, 50여 년 전 시골 마을에서 스스로 영어 공부를 한 덕분에 케네디 미국 대통령과 대화를 나눌 수 있게 됐던 반기문 총장의 학생 시절을 통해 왜 공부를 해야 하는가를 말하고 싶습니다. 지혜롭게 공부를 했던 반 총장의 모습은 그저 미련한 공부 벌레의 모습과는 다르기 때문입니다.

셋째, 꿈을 가지고 간절히 원하면 이룰 수 있다는 것을 말하고 싶습니다. 꿈을 간직한 사람과 그렇지 않은 자의 인생은 너무도 다를 수밖에 없습니다. 시골 소년 반기문이 외교관의 꿈을 키운 과정을 통해 여러분의 모습을 되돌아보길 바랍니다.

이번 개정증보판에는 반기문 유엔 사무총장 첫 임기의 성과와 비전 등을 추가했습니다. 이전에 보여주신 독자들의 따뜻한 격려를 알기에 더 유익한 내용을 전하기 위해 힘썼습니다.

이 책을 만들기 위해 취재하는 과정에서 많은 도움을 주신 반기문 유엔 사무총장님, 그리고 어머니 신현순 여사님을 비롯한 반 총장님의 가족들 그리고 동료 외교관들에게 다시 한번 깊은 감사의 말씀을 드립니다.

마지막으로 나의 부모님과 아내 그리고 쌍둥이 딸 아들 수민이와 수교 등 가족들에게 사랑을 전합니다.

2012년 1월

신웅진

CONTENTS

열정과 노력으로
세계의 대통령이
되다

다시 한번
세계평화를
위해서

STUDY LIKE A FOOL, DREAM LIKE A PRODIGY

01

꿈의 씨앗을 가슴속에 품다

01

좋아하는 것은
잘하게 되고
잘하면 열정이
생긴다

힘찬 날갯짓으로
온 세상을 날아다닐 아이

9촌 숙모를 뵙고 돌아오는 길에 커다란 호두나무가 눈에 들어왔다. 전에는 못 보던 나무였다. 호두가 주렁주렁 열린 게 정말 탐스러웠다. 딱 한 개만 따고 싶어, '저걸 어떻게 딸까' 궁리하며 나무를 쳐다보고 서 있었다. 그런데 나무 꼭대기에서 수꿩인 장끼가 우아한 자태로 내려왔다. 원래 꿩은 수컷이 암컷보다 털도 윤기 있고 몸집도 크다.

'그래! 호두 대신 이 놈을 잡아야겠다.'

하지만 꿩은 생각보다 날랬다. 아무리 쫓아가도 잡히지 않았다. 꾀를 내어 수풀 사이에 숨어 몇 시간이고 기다렸다. 아무것도 모르고 어슬렁거리던 꿩은 끝내 잡혔다. 꿩 발목에다 끈을 매달아 집으로 데리고 오는데, 녀석이 좀 푸드덕거리는 게 아니었다. 방 문고리에 줄을 매놓으니 온 방 안을 날갯짓을 하면서 날아다녔다.

반기문의 어머니 신현순은 땀을 흘리며 잠에서 깨어났다.

'참 이상한 꿈이네. 무슨 꿈일까? 혹시 이게 태몽이라는 걸까? 태몽이야 어찌됐든 이번에는 제발 건강한 아이가 태어나야 할 텐데.'

이미 앞에 두 아이가 있었지만 태어난 지 백일 만에 모두 숨진 터라 집안 모두 자손 문제로 근심이 많았다. 보약까지 챙겨 먹으면서 조심조심 지내고 있지만 좀처럼 마음을 놓을 수가 없었다. 시어른들은 여전히 아들이 태어나주길 기대하고 있었지만 신 씨는 아들이고 딸이고 제발 순산해 건강하게 자라주었으면 원이 없겠다며 하늘에 빌었다.

신 씨는 증평(충북 괴산)에 계신 친정 부모님과 남동생들이 문득 그리워졌다. 하지만 먼젓번에 친정에서 해산 후 아이를 잃은지라 찾아갈 엄두가 나질 않았다. 그래서 이번에는 남편의 고향인 음성(충북)에서 아이를 낳을 생각이었다. 마침 남편이 음성으로 발령이 난 참이었고 고향 마을에 가면 조상님들이 자손을 지켜주실 거라는 바람도 없지 않았다.

남편 반명환의 고향 마을은 광주 반 씨 문중에서도 장절공 행치파 사람들이 옹기종기 모여 농사를 지으며 사는 집성촌이었다. 그래서 행치마을이라 불렸다. 일제강점기 여느 시골 마을처럼 외지고 척박했지만 세 개의 산봉우리로 이루어진 조덕산이 힘차고 온화한 기운으로 행치마을을 감싸고 있었다. 훗날 풍수전문가들은 이곳의 지기(地氣)가 온유한 성격의 세계적인 인물을 배출하는 형상이라고 했다. 그 기운을 타고 태어난 것일까. 1944년 6월 13일 신 씨가 그렇게 마음을 졸이며 열 달을 배고 있던 아이, 반기문이 태어났다.

새로 온 전학생의
별명은 반 선생

반기문이 태어나고 한 달 반 있다 어머니 신현순은 행치마을을 떠나 남편이 직장생활을 하는 시내로 이사를 했다. 반기문의 아버지는 일제강점기에 충주농업고등학교를 수석으로 졸업해 충북산업이라는 곳에서 직장생활을 하고 있었다. 1930년대 고등학교 학력은 지금의 대학교 졸업보다 더 큰 의미를 지녔다. 학교도 적었고 먹고살기도 힘든 때라 고등학교를 마치면 소위 '인텔리'로 불리던 시절이었다. 거기다 고등학교를 수석으로 졸업했으니 사회에서 꽤 전도유망한 젊은이였다. 충북산업은 탄광 개발과 밀가루 생산 등을 하는 제법 큰 회사였고, 월급도 가족을 먹여 살리는 데는 부족하지 않는 편이었다. 하지만 물류를 담당하고 있었기 때문에 전근이 잦았다.

아버지의 전근으로 기문이 3세 때 청주로 이사를 했는데, 청주에서 초등학교에 입학하고 얼마 되지 않은 8세 때 또다시 충주로 이사를 가게 되었다.

"기문이를 어느 학교로 전학시켜야 하지?"

충주로 이사 갈 준비를 하면서 반 씨는 아들 기문이의 전학 문제로 아내와 의논을 했다.

"아니, 왜 당신 조카 중에 교현초등학교 선생님이 있지 않아요?"

"그래, 영희가 있었지! 내가 왜 그 생각을 못했을까. 집에서 좀 멀긴 하지만 좋은 학교로 보내는 게 낫겠지?"

1896년에 세워진 교현초등학교는 충청북도에서 제일 알아주는 학교였다. 집에서 조금 멀지만 아무래도 그곳만 한 학교는 없었다. 전쟁 직후라 세상이 뒤숭숭해서 학교 문 앞에도 못 가본 채 집안일을 돕는 아이들도 적지 않았다. 하지만 배워야 한다는 마음에 아이들은 학교로 꾸역꾸역 모여들었다. 교현초등학교에 그렇게 모인 아이들이 1학년부터 6학년까지 합치면 무려 2천 명이 넘었다.

전쟁 때 폭격으로 학교의 본 건물인 목조 건물이 사라지자 선생님들은 우선 천막으로 교실을 만들었다. 그래도 공간은 턱없이 부족했다. 읍사무소, 재판소, 심지어는 못 쓰게 된 기차 화물칸도 교실로 쓰면서 수업은 계속됐다. 아이들은 책걸상은 꿈도 꾸지 못했고, 나무판자 하나 집어다 땅바닥에 깔고 거기 앉아서 공부를 했다. 선생님들은 훌륭한 인물은 이런 어려운 여건을 극복하고 나오는 것이라며 아이들을 독려했다.

기문은 교현초등학교 선생님인 친척 누나 영희의 손을 잡고 책 보따리를 등에 메고 교실로 들어갔다. 아이들이 수군거렸다.

"야, 촌놈 한 명 또 들어왔네. 근데 같이 온 사람은 선생님 아니야?"

선생님 친척 동생이라는 말에 아이들이 한동안 조심스러웠다. 하지만 어리보기 전학생에게 새로운 학교는 쉬운 곳이 아니었다. 전쟁통에 학교를 다니지 못해 서너 살 늦게 입학한 아이들도 적지 않았

초등학교 시절 반기문은 '반 선생'으로 통했다.
모르는 것을 물으면 선생님처럼 잘 설명해 주었기 때문이다.
뒷줄 가운데가 반기문이다.

다. 이 아이들이 먼저 기문을 놀리기 시작했다. 기문의 콧등에는 큰 점이 있었는데, 그 점을 보고 "야, 파리똥!"이라고 놀려대기 시작한 것이다. 어린 기문은 울음이 터져 나오려고 했다. 가뜩이나 낯선 곳이라 더욱 서러웠다. 그렇다고 놀린 녀석을 잡아 주먹질을 할 만한 성격이 아니었다.

기문의 어머니는 늘 "인과응보니, 남에게 못되게 굴면 그게 다 나에게 돌아온다."고 귀에 딱지가 앉을 정도로 말씀하셨다. 하지만 그런 어머니도 어떤 때는 너무 유순하기만 한 아들이 걱정스러울 때도 있었다. 가끔은 싸움도 할 줄 알아야 하는데 아들은 때리는 쪽보다는 맞는 쪽이었기 때문이다.

하지만 시간이 흐르면서 아이들은 반기문을 놀려대지 않았다. 바로 공부 때문이었다. 반에서 제법 공부를 잘한다는 아이들도 집에서 시키니 떠밀려 공부하는 경우가 대부분이었는데, 기문은 달랐다. 단지 공부를 잘하는 것이 아니라 공부를 즐기면서도 진지하게 했다. 수업 태도도 착실했다. 공부를 즐길 줄 아는 마음과 진지한 태도는 좋은 성적으로 이어졌다. 그러니 아이들은 이제 더는 기문을 '파리똥'이라고 부를 수가 없었다. 게다가 모르는 것을 물어보면, 조근조근 설명해주는 것이 선생님의 설명보다 쉬웠고 태도도 얌전해 본받을 만했다. 그런 반기문을 아이들은 '반 선생'이라고 부르기 시작했다.

선생님들도 기문을 유독 귀여워했다. 단지 공부를 잘하기 때문만은 아니었다. 하는 짓이 아이같이 순진하고 가끔 짓궂기도 했지만 학급 일을 시키면 어린 녀석이 어찌나 열의를 다해 하는지 기특한 마음이 절로 들었다.

기문이에게는
공부가 재미

대부분의 아이들이 "누가 오자미(모래주머니)를 더 멀리 던지는지 해보자." "누구 주먹이 더 센지 겨뤄보자." 하고 시합을 할 때, 기문은 "누가 단어를 더 많이 외우는지 해보자." "누가 더 빨리 계산을 하는지 해보자." 하면서 시합을 벌이곤 했다. 학교를 파하고 집에 가는 길엔 친구들에게 "오늘 국어 시간에 배운 문구를 누가 더 잘 외우는지 보자." 해서 친구들을 어이없게 하곤 했다. 자칫 '공부 하나 잘한다고 재는 밥맛 떨어지는 녀석'으로 보일 수 있었을 것이다. 하지만 기문을 그렇게 생각하는 친구는 아무도 없었다. 기문의 품성이 워낙 착하기도 했고, 아이들도 기문이에겐 공부가 재미라는 것을 알았기 때문이다.

반기문이 6학년 때 같은 반에 한승수라는 공부를 잘하는 친구가 있었다. 기문과 승수는 자주 비교가 되어 둘은 일종의 맞수였다. 차분하고 영리한 승수는 주산에서 둘째가라면 서러워할 정도였다. 주산대회를 앞두고 기문은 한승수를 붙잡고 누가 주산을 더 빨리 하는

지 겨뤄보자고 했다. 반기문이 초등학교를 다니던 시절에는 주판으로 셈하는 주산을 장려했다. 산수 시간에 주산을 따로 가르치고 주산 대회도 종종 있었다.

승수는 기문의 말에 주판을 꺼내 줄을 맞췄고 심판을 맡은 친구 하나가 숫자를 부르기 시작했다.

"35 곱하기 24에 541을 빼고 7,832를 더하고 다시 81을 빼면?"

"8,050."

승수가 먼저 외쳤다. 몇 번 더 했지만 승수 녀석이 언제나 더 빨랐다. 먼저 내기를 건 기문은 머쓱했다. 그런데 기문은 다음날 또다시 승수에게 겨루자고 했다.

"승수야, 오늘 한번 더 해보자!"

"에이, 어제 졌으면서 하루 만에 뭘 또 하자고 하냐?"

"그래도 한번 해보자고."

그 이후로 둘의 주산시합은 매일 이루어졌다. 시합을 하면서 기문의 주산 실력은 자꾸 좋아졌다. 마지막에는 승수가 손을 들고 말았다. 기문은 결국 학교 대표로 주산대회에 나가게 됐다.

기문은 다른 것에는 욕심이 없이 얌전한 편이었는데 공부에서만은 달랐다. '누구보다 잘하겠다'는 경쟁심이나 '반드시 꺾고 말겠어'라는 승부욕이 아니었다. 지금 자신의 수준보다 더 잘하고 싶다는 그런 순수한 욕심이었다. 기문에게 학문은 그 자체가 하나의 흥미로운 세계였다. 모르는 것을 하나씩 알아간다는 것, 더 잘 알아간다는 것은 무엇과도 견줄 수 없는 기쁨이었다. 그런 기문에게 주산시합은 하나의 재미있는 게임이었다.

재미있으면 시간 가는 줄 모르게 된다. 기문도 그랬다. 기문의 집 화장실은 마당 한구석에 있었는데, 밤에 그것도 겨울에는 화장실을 한 번 다녀오면 잠이 다시 들기가 쉽지 않았다. 반기문은 억지로 잠을 청하기보다는 책을 읽었다. 방을 같이 쓰는 동생들은 불 좀 끄라고 핀잔을 줬다.

"미안, 형이 잠이 안와서. 조금만 더 읽다가 불 끌게."

그러면서 동생들의 머리 위로 이불을 덮어씌워 주었다. 동생들은 더 뭐라고 할 수가 없었다. 동생들도 영 잠을 못 이루겠으면 형 옆에 앉아서 함께 책을 읽곤 했다.

기문은 집중이 잘되는 찰나를 놓치지 않았다. 공부를 하다 보면 가끔씩 "그래 이거구나!" 하며 깨닫는 순간이 왔다. 공부에 더욱 재미가 붙는 순간이었다. 그러다 보면 몇 시간이 후딱 지나간다. 특히 모두 잠든 밤에는 집중력이 좋아졌다.

초등학교 졸업 때가 다가오자 담임 선생님이 학교로 어머니를 불렀다.

"기문이는 참 우수한 아이인데 앞으로 선생님을 시키는 게 어떨까요? 사범 고등학교 부설 중학교로 보내시죠. 어머니 생각은 어떠신지요?"

그 시절에는 사범계 중학교와 고등학교를 마치면 바로 교사가 될 수 있었다. 대부분 장학금으로 공부할 수 있었기 때문에 가난한 우등생들은 일찌감치 교직의 길을 선택하곤 했다. 그러면 장래가 보장되었기 때문이었다. 중학교라고는 하지만 남녀 한 학급만을 뽑는 소수 정예 과정이었다.

어머니 신 씨는 학교에서 인정받는 장남이 기특했다. 그리고 장남이 학교 선생님이 되는 것도 괜찮을 듯했다. 하지만 자식의 장래를 어머니 마음대로만 정할 수는 없었다.

"애 아버지하고 기문이 본인한테 한번 물어보고 말씀드리지요."

퇴근해 들어온 아버지에게 어머니는 학교에서 선생님과 나눈 이야기를 전하며 기문이의 진로를 의논했다.

"그야 기문이 본인 생각이 더 중요하지. 강요하지 말고 우선 자신이 하고 싶은 대로 하게 놔둬보지 뭐."

기문의 부모는 어려서부터 영특하기도 했거니와 미련스러울 정도로 열심히 공부하는 장남 기문에게 기대가 컸다. 하지만 그런 마음을 노골적으로 드러내지 않았다. 그래서 공부 잘해 출세하라는 이야기도 하지 않았고, 장남이니 집안을 빛내야 한다는 이야기는 더더욱 하지 않았다. 어쩌면 기문이 공부가 출세의 원천이 될 수밖에 없는 그런 시대를 살아오면서도 목적에 상관없이 순수하게 공부 그 자체를 즐길 수 있었던 것은 바로 장남에 대한 기대를 내놓고 드러내지 않은 부모의 배려 덕분이었을 것이다.

저녁상을 물리고 아버지는 기문을 불렀다.

"담임 선생님이 네가 사범계 중학교로 진학하는 것이 어떻겠느냐고 하시더란다. 네 생각은 어떠냐?"

기문은 잠깐 생각하다가 대답했다.

"지금 당장 뭐가 되고 싶다는 건 없어요. 그냥 충주중학교에 들어가면 안 될까요?"

그동안 학교에서 선생님들의 사랑을 많이 받아왔기 때문에 교사라는 직업이 싫은 것은 아니었다. 한번 해볼 만한 일이라는 생각이 없는 것도 아니었다. 하지만 기문은 더 큰 세상이 자신을 기다릴 것이라는 생각을 막연히 하고 있었다.

"그래. 대신 중학교 가서도 공부 열심히 해야 한다."

"네, 그럼 저 충주중학교 입학시험 준비할게요."

동생들과 함께 쓰는 방에 들어오니 안방에서 하는 이야기를 들은 두 살 아래 동생 기상이가 기문의 곁에 바짝 다가앉으면서 물었다.

"형아, 충주중학교 갈 거야? 그럼 나도 따라가야지. 나도 데리고 가 줘. 응?"

"그래. 공부 열심히 해서 형이랑 같은 중학교 가자."

영어 숙제의 기본은
스무 번

목표한 대로 기문은 1957년 3월 충주중학교에 합격해 중학생이 되었다. 역시 우수한 성적이었다. 담임 선생님은 반장은 1등이 하는 거라면서 기문에게 반장을 시켰다. 배우는 과목도, 자신이 반장이라는 것도 초등학교 때와 비슷했다. 다른 것이 있다면 중학교 교복을 입었다는 것과 영어를 배우게 되었다는 것이다. 중학교에 들어와서 처음으로 영어 수업을 받게 되었는데 기문은 그 영어에 푹 빠졌다.

전쟁통이라 마을에 미군 군용차가 자주 오갔다. 아이들은 그 차 뒤를 쫓아 달리며 "김미 초콜릿(Gimme Chocolate)!"을 외쳤다. 그럼 미군들은 인심 좋은 표정으로 주머니에서 초콜릿이나 껌을 꺼내 나눠주곤 했다. 어른들은 그 코 큰 사람들이 미국이라는 나라에서 왔다고 했다. 미국은 세상에서 제일 힘이 센 나라라고 했다. '미국? 어떤 나라일까? 한번 가볼 수 있을까?' 어릴 때부터 기문은 곧잘 그런 생각을 했었다.

영어 수업을 들으면서 문득 기문은 예전 그 생각이 떠올랐다.

'그래, 이게 미국 사람들 말이구나. 이걸 배우면 미국 사람들과 말을 할 수 있겠다.'

영어 수업을 시작하고 며칠 동안은 알파벳을 익히느라 바빴다. 영어라는 말과 글자가 신기하기만 했다. 재미가 있을 듯했지만 꼬부랑 글자는 도무지 외워지지 않았다. 초등학교 때 국어 실력이라면 전교 최고였기에 중학교에 와서 영어도 그냥 잘할 수 있을 줄 알았다. 하지만 한글과는 전혀 다른 꼬부랑 글을 찬찬히 쳐다보니 기문은 그렇게 될 것 같지 않은 기분이 들었다. 게다가 펜대에 촉을 끼워 잉크를 찍어가며 쓰자니 뭔가 어설펐다. 옆자리의 친구를 흘끗 보니 제법 그럴듯해보였다. 아마도 형이나 누나에게 배운 듯싶었다. 그 친구가 쓰는 대로 흉내를 내보았지만 그래도 잘 되지 않았다.

'아, 내 글씨는 영 어색하네.'

영어 선생님은 수업을 마치면서 숙제로 알파벳을 스무 번씩 써오라고 했다. "에이 너무 많아요." 여기저기서 아이들의 볼멘소리가 들렸다. 하지만 반기문의 생각은 달랐다.

'그래 집에 가서 한번 제대로 써보는 거야.'

영어 숙제를 하는데 어린 동생들이 기웃거리면서 "형, 이게 글씨야? 아무리 봐도 벌레가 기어 다니는 것 같은데." "그냥 대고 그리는 게 어때?"라며 놀렸다. 기문이 다음으로 중학교에 들어가게 될 기상이는 i와 j를 쓰는 것을 보면서 "형, 이렇게 많은 글자 중에서 왜 그 글자에만 점이 있는 거야?"라며 자꾸 귀찮게 물었다.

스무 번 넘게 써보니까 덜 헷갈리고 글자가 하나씩 눈에 들어오면서 구분이 되기 시작했다. 기문은 내일 수업 시간부터는 큰 지장이 없겠다는 자신감이 들자 그때서야 펜대를 놓았다. 중지 첫 번째 마디가 펜대에 눌려서 발갛게 되어 있었다.

반기문은 더 큰 세상이 자신을 기다릴 거라는 생각으로 충주중학교
시험을 준비해서 1등으로 입학했다. 그리고 중학교에 들어와서 처음으로
영어 수업을 받고는 곧 영어에 푹 빠졌다.

기문은 공부라면 자신 있었다. 언제나 해볼 만하다는 생각을 하고 있었다. 그 자신감은 노력에서 오는 것이었다. 노래 솜씨나 그림 솜씨는 가지고 태어나는 소질이라는 게 필요한데 공부는 누구나 다 있는 머리에 조금 더 노력하면 잘할 수 있는 것이라 생각했다. 그래서 공부라는 것이 좋기도 했다. 누구에게나 평등한 것 같았기 때문이다.

영어 선생님이 내는 숙제의 기본은 '스무 번'이었다. 단어든 본문이든 그날 배운 것은 스무 번씩 써오는 것이 숙제였다. 다른 아이들은 다음날 영어 수업 직전이 되어서야 부랴부랴 숙제를 했다. 아예 몸으로 때우겠다는 속셈으로 매를 맞는 편을 선택하는 아이들도 있었다. 하지만 기문은 그날 집에 돌아가자마자 숙제를 했다. 영어 선생님의 스무 번 숙제는 지루할 수 있었지만 영어가 낯선 기문에게는 매우 효과적이었다. 반복해서 쓰다보니 어느 순간부터는 교과서를 보지 않고 외워서 쓰는 단계에 이르렀다. 그리고 서서히 영어 문장이 머릿속에 들어오기 시작했다. 그러니 다른 아이들에게는 지겨운 영어 숙제가 기문에게는 재미있을 수밖에 없었다.

중학교 3학년 겨울방학 때 기문은 영어 교과서를 다 떼고 나니 읽을거리가 마땅치 않았다. 기문은 영어로 된 책을 마음껏 읽어보고 싶었다. 미군 부대를 통해 흘러나온 영자 신문과 잡지가 있기는 했지만 충주에서는 구하기 힘들었다.

어느 날 기문은 그동안 모아둔 용돈을 탈탈 털어 영어 잡지 〈타임 *Time*〉을 사들고 왔다. 어렵게 구한 〈타임〉은 쉬운 제목과는 달리 내용은 결코 쉽지 않았다. 중학교 영어 수준으로는 알 수 없는 단어들이 수두룩했다. 반기문은 사전을 찾아가며 한 줄, 두 줄 읽어나갔다. 처음에는 그냥 아는 단어만 찾아 짐작하며 한두 줄이라도 읽을 수 있다는 것에 만족했고, 영어 잡지를 읽고 있다는 사실에 우쭐한 기분도 들었다.

그러다 읽는 속도가 좀 붙자 한 장, 두 장 넘기면서 서서히 내용에 빠져들었다. 소련과 미국을 축으로 삼아 벌어지는 냉전 체제, 국제 사회를 바라보는 미국의 시각, 눈부신 과학 기술의 발전과 더불어 빠르게 변하는 사람의 방식들. 작지 않은 도시지만 아직은 시골과 크게 다르지 않은 충주에서는 도무지 상상하기 어려운 일들이 잡지 속에서 벌어지고 있었다. 〈타임〉을 읽게 되면서 소년 반기문은 조금씩 큰 세계에 대해 눈을 뜨기 시작했다.

새로운 세계,
더 넓은 세계로

기문은 충주중학교를 졸업하고 1960년 충주고등학교에 입학했다. 고등학교 입학시험에서 우수한 성적을 거두기도 했지만 선생님들은 우등생으로 유명한 반기문의 입학에 내심 기대가 적지 않았다.

기문의 영어에 대한 열정은 고등학교에 와서도 여전했다. 기문이 처음 중학교에서 영어 수업을 들었을 때, 영어를 조금이라도 공부하고 들어왔던 아이들에 비해 뒤떨어진 느낌이 들었는데, 이제 그 아이들은 기문의 실력을 따라오기 힘들 정도였다. 아무리 좋은 밭이라도 부지런히 김을 매고 쟁기질하는 농부의 밭을 따라가지 못하는 것과 같았다. 영어로 된 것이라면 닥치는 대로 읽고 외우고 입으로 중얼거리던 기문의 모습을 보면서 친구들은 '영어에 미쳤어.'라며 혀를 내둘렀다. 팝송 가사를 들고 와 무슨 내용인지 물어보는 친구도 있었고, 시험 기간이 되면 문제를 좀 뽑아달라는 친구도 있었다. 영어 실력이 월등한 기문을 눈여겨본 영어 선생님이 하루는 기문을 교무실로 불렀다.

"기문아, 다른 아이들 공부에 도움이 되게 영어 교재를 한번 만들어 보려무나."

선생님은 학교에 있는 유일한 방송 기자재인 커다란 녹음기를 한대 내주면서 교과서 내용을 녹음해 리스닝 교재를 만들어 보자고 했다.

녹음기를 받아들고 교무실을 나섰는데, 어떻게 해야 할지 막막했다. 기문은 번뜩 충주 비료공장이 생각났다. 식량 문제가 급했던 시절, 식량 생산량을 늘리기 위해 세워진 충주 비료공장은 우리나라 최초의 비료공장이었고, 충주에 처음으로 세워진 대규모 공장이었다. 이전에는 100퍼센트 수입에 의존해야 했던 비료를 충주 비료공장이 생기면서 조금씩 자급할 수 있게 되었다. 그래서 신문에도 나고 부근이 꽤 떠들썩했다. 수학여행에서는 견학 필수 코스가 되었을 정도였다. 기문이 충주 비료공장을 떠올린 것은 그곳에 가면 우리에게 기술을 전수해주기 위해 와 있는 미국인 기술자들을 볼 수 있었기 때문이다.

기문은 녹음기를 들고 충주 비료공장에 있는 기술자들의 집을 찾아갔다. 콩글리시가 아닌 정확한 발음으로 교과서 내용을 녹음할 생각이었다. 하지만 미국인 기술자를 만나는 일은 쉽지 않았다. 게다가 외국인을 보는 일조차 드물었던 그때 그들에게 먼저 말을 건넨다는 것은 쉽지 않은 일이었다.

용기를 내어 미국인 기술자인 듯한 사람에게 다가가 "How are you?"라는 인사를 건넸다. 그는 까까머리인 기문을 슬쩍 쳐다보았다. 기문이 확 졸아든 목구멍에서 다음 단어를 뱉기도 전에 그는 귀찮다는 듯 손사래를 치며 지나갔다. 몇 번을 그렇게 허탕을 치고 '그만할까?' 고민하고 있는데 한 부인이 집으로 들어가려는 것이 보였다. 기문은 얼른 발길을 돌려 그 부인에게 다가가 인사를 했다.

"Hello?"

"Can you speak English?"

미국인 부인은 놀랍다는 표정으로 기문을 쳐다보면서 물었다.

"Yes, I can."

그러고는 기문은 떠듬떠듬 사정을 설명했다.

미국인 부인은 기술자인 남편을 따라 한국에 머물고 있다면서 기문이 대견하다고 교과서 녹음을 흔쾌히 승낙해 주었다. 기문은 집에서 연습했던 대로 녹음기 버튼을 눌렀다. 미국인 부인은 몇 시간 동안 앉아 교과서의 4분의 1을 읽어주었다. 저녁시간이 되자 부인은 이제 식사준비를 해야 한다며 다음에 오면 또 녹음을 해주겠다고 했다.

고생을 하기는 했지만 임무를 해냈다는 것도 뿌듯했고, 외국인과 대화를 주고받았다는 사실이 스스로 생각해도 놀라웠다. 그리고 앞으로 영어 공부의 수준이 달라질 것이라는 기대에 가슴이 설레었다.

녹음을 할 때는 긴장해서 잘 들리지 않았는데, 집에 와서 녹음기를 틀어놓고 들어보니 교실에서 듣던 선생님의 발음과는 달랐다. 교과서를 펼치고 그 발음을 따라 해보았다. 쉽지 않았다. 쉽지가 않으니까 더 하고 싶어졌다. 한 번, 두 번 반복하니까 조금 비슷하게 발음이 되는 것 같았다. 기문이 진지한 표정으로 그러고 있으니 동생들이 다가와 깔깔거리며 웃었다.

먼 길을 걸어서 약속 시간에 딱딱 맞춰오는 성실하고 예의 바른 기문을 미국인 부인은 매우 좋게 생각했다. 떠듬떠듬한 영어 실력이었지만 한마디라도 더 말해보려고 하고 틀린 발음을 고쳐 다시 말을 해보는 자세에서 영어에 대한 열의도 느껴졌다. 어려운 환경 속에서도 열심히 영어 공부를 하는 기문의 모습은 미국인 부인에게 매우 인상적이었다. 교과서 녹음을 다 끝내고 영어 교재를 다 만든 후에도 기문은 계속 미국인 기술자 가정을 찾아가 영어를 배울 수 있었다. 그리고 녹음을 도와주었던 부인이 영어 공부에 열의가 넘치는 기문을 이웃 미국인 부인들에게도 소개해주었다. 미국인 부인들은 돌아가면서 근처의 학생들에게 영어 회화나 읽기를 지도해주었는데, 부인들은 그중 가장 열심히 하고 뛰어난 기문을 제일 좋아했다.

원래 말수가 적은 기문은 이상하게도 영어로 말할 때만큼은 수다쟁이가 되었다. 집안은 불교를 믿었지만 기문은 일요일이면 자주 성당에 갔다. 당시 미국인 선교사들과 신부들이 우리나라에서 선교 활동을 하고 있었는데, 가까운 성당에 미국인 신부가 부임했기 때문이었다. 기문은 벽안의 신부님이 귀찮아 할 정도로 쫓아다니며 말을 걸고 질문을 했다.

친구들의 말대로 기문은 영어에 미쳤다. 앞으로 영어가 얼마나 중요한 성공 요소가 되는지 짐작할 수도 없었던 때였다. 단지 영어가 재미있고, 영어가 자신을 새로운 세계, 더 넓은 세계로 인도해줄 것 같다는 작은 기대만 품었을 뿐이었다.

기문은 영어는 탁월했지만 예체능 과목은 아주 약했다. 음악과 운동 모두 젬병이었다. 노래도 못했고, 그때 유행하던 통기타도 다룰 줄 몰랐으며, 축구와 농구도 잘하지 못했다. 사람은 자신이 좋아하는 것을 잘하게 되고 또 잘하면 그만큼 이기려는 마음이 생기게 된다. 기문에게 영어가 그랬다. 좋아하다 보니 잘하게 되었고, 잘하다 보니 이기려는 마음이 생기게 된 것이다.

기문에게는 영어가 재미있는 놀이였다. 노래와 통기타, 축구와 농구를 다 잘했다면 기문은 잘하는 게 너무 많아 영어 따위엔 별 관심이 없었을지도 모른다.

그저 공부에
온통 마음을 주었을 뿐

이렇게 영어에 푹 빠져 있는 기문에게 김성태 영어 선생님은 더 큰 도약의 계기를 만들어주었다. 기문이 고2 때 영어를 가르쳤던 김성태 선생님은 지방에서는 보기 드문 서울의 명문대 출신이었으며 젊고 패기가 넘치는 교사였다. 그만큼 아이들을 가르치는 데 열과 성을 아끼지 않았다.

그 시절 학생들이 쓰던 영어 참고서는 대부분 일본의 영어 교재를 번역한 것이었다. 그러다 보니 우리말로는 제대로 표현되지 않는 것도 있었고, 어색한 부분과 오류도 꽤나 많았다. 김성태 선생님은 그것으로는 효과적인 영어 수업을 할 수 없을뿐더러 아이들이 자칫 영어에 흥미를 잃을 수도 있다고 판단했다. 선생님은 서울에 올라가 여러 서점을 돌아다니며 우리나라 사람이 만든 새로운 영어 교재를 구해왔다. 우리나라 영어 교재가 한두 권씩 나오기 시작할 무렵이었다. 선생님은 그 교재를 중심으로 수업 준비를 해 아이들에게 영어를 가르쳤다.

김성태 선생님의 수업에 대한 열의는 아이들에게 그대로 전해졌다. 그렇기 때문에 공부를 좀 하던 아이들은 물론, 영어라면 진작 포기했던 아이들의 실력이 눈에 띄게 향상되기 시작했다. 선생님의 노력과 아이들의 실력은 성적표에 고스란히 나타났다. 특히 기문의 실력은 단연 발군이었다. 그 시절 영어 시험은 대체로 주관식으로 철자 하나만 틀려도 점수가 깎였고, 70점만 받아도 명문대를 갈 수 있는 수준의 시험이었다. 기문은 그런 시험에서 75점을 받았다.

김성태 선생님은 기문을 불러 격려해주었다.

"기문아, 너 정도 실력이면 서울의 좋은 대학도 갈 만하다. 가다가 처지지 말고 끝까지 열심히 해봐라."

선생님도 충주고가 지역 명문 고등학교이기는 하지만 서울에 있는 학교에 비하면 학력이 떨어질 수밖에 없는데, 기문이 같은 학생을 만나 가르치게 되어 매우 흡족했다.

기문은 자신을 인정해주는 선생님이 고마웠다. 단지 영어가 좋아서, 흥미를 느껴서 몰입하기는 했지만 자신이 제대로 공부를 하고 있는지, 어느 정도 수준인지 알 길이 없어 답답하기도 했다. 그래서 그토록 외국인과 말을 섞으면서 자신의 실력을 가늠하려고 했던 것인지도 몰랐다. 그러던 차에 선생님께서 "제대로 가고 있다. 그 길로 곧장 가봐라!"라는 말씀을 해주시니 힘이 솟았다.

김성태 선생님에게 그 이야기를 듣고 한 학기가 지나자 기문은 매 시험에서 만점에 가까운 점수를 받기 시작했다. 공부에 대한 방향 감각이 생긴 덕이었다. 김성태 선생님은 그런 기문에게 "선생님이 가르칠 건 남겨둬야 하잖아? 허허, 너한테는 더 가르칠 것이 없구나."라고 말할 정도였다.

선생님만이 배우고 발전하는 데 도움을 준 것은 아니었다.

공부에 대한 방향 감각이 생긴 고등학교 시절의 반기문.
초등학교 동창회 기념사진으로 맨 뒷줄 가운데가 반기문이다.

　기문이 고등학생이 된 1960년에는 4·19혁명이, 그 이듬해에는 5·16 군사정변까지 일어나 사회가 혼란스러웠다. 대학생들은 학생운동을 하는 서클을 만들어 민주화 운동에 뛰어들었고 고등학생들도 동요하기 시작했다. 공부보다는 서클을 만들어 끼리끼리 몰려다니는 분위기가 생겼다.

　충주고에도 이런저런 모임이 만들어져 난립하기 시작했다. 어디에라도 소속되지 않으면 이른바 왕따가 되는 묘한 상황이었다. 하지만 서클에 한번 가입하면 공부하기가 어려워질 것이 뻔했다. 매일 어울려 다니다 보면 공부에 집중할 시간도 적어질 것이고 마음자세도 흐트러질 것이었다.

　김성태 선생님은 공부를 잘하거나 모범적인 아이들을 불러 자신이 담당하고 있는 청소년적십자단(RCY, Red Cross Youth. 이 당시에는 JRC, Junior Red Cross라고도 했다.)에 가입시켰다. 봉사 활동을 기본으로 하는 모임이었지만 우등생들끼리 모이다 보니 자연스럽게 경쟁이 됐다.

　기문은 청소년적십자단에서 정지영이라는 친구와 허문영이라는 친구를 만났다. 둘 다 뛰어난 학생이라서 기문에게 자극과 도움이 되는 친구들이었다.

　정지영은 기문과 다른 중학교에 다녔지만 충주 시내에 소문이 자자한 영어 영재였다. 기문도 지영이에 대한 소문을 들어서 어떤 학생인가 궁금했는데 RCY에서 함께 활동하면서 친하게 지낼 수 있게 되어 기뻤다. 지영은 영어 중에서도 문법과 독해에 매우 뛰어났고, 매사에 자신감이 넘치는 모습도 보기 좋은 친구였다. 영어 수업 시간에도 유창하고 자신만만한 발음으로 교과서를 읽어냈다. 지영은 "기문이 녀석이 외국인 쫓아다니며 익힌 회화 실력은 도무지 따라갈 수가 없다니까. 나는 독해랑 문법이나 열심히 하련다." 하면서 기문의 노력에 기권하는 척했지만 고등학교 3년 내내 기문의 좋은 경쟁자가 되어주었다.

허문영 역시 공부에서라면 기문 못지않을 정도로 뛰어난 친구였다. 특히 과학이나 물리 쪽에선 머리가 비상하게 돌았다. 그래서 '충주고 문과는 반기문, 이과는 허문영'이라는 공식이 있을 정도였다. 둘은 각 과에서 선두를 달렸다. 문영은 기문의 권유로 같이 미국인 기술자 가정에서 영어 공부를 했다.

자동차가 귀한 시절이라 멀리 충주 공장까지 한참을 걸어야 해서 기문은 같이 다닐 친구가 있으면 했다. 문영이도 공부라면 꽤 좋아하는 친구라서 "그러지 뭐."라고 하면서 함께 다녔다. 하지만 문영은 기문처럼 영어 공부가 재밌지 않았다. 하루는 집에 돌아가는 길에 그날 배운 영어를 중얼중얼거리는 기문을 보면서 이해 못하겠다는 표정을 지으며 문영이 물었다.

"기문아, 영어 회화가 그렇게 재미있나? 시험에 몇 문제 나오지도 않잖아?"

"응, 재밌어. 그리고 꿈을 이루려면 지금부터 무조건 영어는 열심히 해야 돼."

기문은 이미 외교관이라는 꿈의 씨앗을 가슴속에 품고 있었다. 문영은 순진한 표정으로 진지하게 대답하는 기문을 보곤 '쿡' 하며 웃음을 터트리며 '이 녀석 정말로 열심히 할 줄 아는 사람이구나.'라며 부러워했다.

"기문아, 우리가 같은 계열이었으면 정말 볼 만했겠다. 너랑 경쟁해야 했다면 정말 피곤했을 거야."

기문은 문영이의 말에 여느 때와 마찬가지로 말없이 조용히 웃기만 했다.

후에 문영은 기문과 같이 서울대에 합격했다. 문영은 공대에, 기문은 외교학과에 다니면서 자주 만났는데, 기문은 대학에 가서도 항상 영어책을 끼고 살았다. 그 모습을 볼 때마다 문영은 '내 생각이 옳았지. 기문이 녀석의 저 열정은 내가 당할 수 없다니까.'라는 생각을 했다.

지영이나 문영은 기문에게 친구 이상이었다. 서로 앞서거니 뒤서거니 하며 실력을 늘릴 수 있는 경쟁자이자 모르는 것에 대해 물을 수 있는 선생님이기도 했으며, 공부법에 대해 의논할 수 있는 상담사이기도 했다.

많은 사람들이 탁월한 성적을 낸 반기문의 남다른 공부법을 궁금해 한다. 물론 그의 공부법에 남다른 점이 있긴 했다. 대부분의 사람들처럼 인정받기 위해 공부한 것이 아니라 공부에게 온통 마음을 줘버렸다는 게 달랐다.

반기문은 어려운 환경에서 성장했으나 특별히 출세를 목적으로 공부한 것이 아니었다. 단지 공부에게 진심을 주었고 공부는 그의 진심을 배반하지 않았을 뿐이다. 그의 성적표가 항상 좋았던 것은 그 때문이었다.

02

가슴속 꿈을
튼튼하게
키워나가다

외교관이라는
단어에 가슴이 뛰다

김성태 선생님이 기문을 비롯한 우등생과 모범생을 청소년적십자단에 가입시킨 데에는 또 다른 이유가 있었다. 공부 잘하는 엘리트들은 앞으로 우리나라를 발전시키는 데 많은 헌신을 해야 하기 때문에 일찍부터 사회와 인류에 대한 봉사 정신을 키워야 한다는 그의 교육철학 때문이었다. 선생님의 강력한 권유를 받고 가입하긴 했지만 기문 역시 청소년적십자단 활동으로 좋은 경험을 많이 할 수 있었다. 좋은 친구들을 만날 수 있었고, 인류사회에 대한 봉사 정신을 키울 수 있었다. 그리고 그가 후에 외교관으로 활동하면서 필요한 소양을 쌓는 데 많은 도움이 되기도 했다.

성품이 곧고 성실한 기문에게 선생님의 기대가 컸다. 기문의 생활, 학습 태도를 찬찬히 지켜보던 선생님이 하루는 기문을 부르셨다.

"기문아, 너는 앞으로 어떤 일을 하고 싶은지 정한 것이 있느냐?"

기문은 섣불리 대답하지 않았다.

"내가 정치외교학과에 다녔던 것 알고 있지? 그래서 하는 말인데, 나는 네가 외교관이 되면 참 좋을 것 같구나. 넌 영어도 잘하고 사람들과 잘 다투지 않는 성품에다 매너도 참 좋은 아이거든."

"잘 봐주시고 칭찬해주셔서 감사해요. 이런 조언을 해주셔서 더욱 감사하고요. 하지만 아직 진로에 대해 구체적으로 생각해보진 않았어요. 외교관이라니······.”

　기문은 선생님이 자신을 과분하게 칭찬해주시는 것 같아 쑥스러웠다. 외교관이라는 직업이 낯설던 시절이었지만 기문도 오래전부터 그런 꿈을 조금씩 품고 있기는 했다. 하지만 구체적으로 ‘외교관’이라는 단어를 떠올린 적은 없었다. 구체적으로 어떻게 외교관이 되어야 할지 생각하기 어려운 때였다. 그리고 외국은 고사하고 서울도 못 가본 기문이었다. 다른 아이들은 방학 때 서울 친척 집에 다녀오기도 했는데 기문이네 일가친척은 모두 충청도에 있으니 말이다. 당장은 먼 나라 이야기같이 들렸다. 그래도 ‘외교관’이라는 말에 가슴은 콩닥콩닥 뛰었다.

　교무실을 나오면서 기문은 ‘외교관’이라는 단어를 입으로 되뇌었다. 낯선 단어였지만 그렇다고 아주 생소하지는 않았다. 그리고 가슴을 설레게 하는 단어였다.

　기문이 초등학교에 다닐 때의 일이었다. 당시 변영태 외교부 장관(3대, 1951년부터 1955년까지 재임)이 전국의 초등학교를 돌며 강연회를 열었는데 기문이 다니던 충주 교현초등학교에도 방문했다. 유명인사가 방문하니 학교에선 꽤 부산을 떨었다. 아이들이 선생님의 지시에 따라 운동장에 모였다. 그날 변영태 장관은 외교라는 것이 무엇인지를 역설하지 않는 대신 ‘여러분은 대한민국의 미래입니다. 체력을 키우십시오. 체력은 국력입니다.’라는 주제로 일종의 건강 계몽 강연을 했다. 변영태 장관은 웃통을 벗고 아령 시범을 보이며 단단한 몸매를 과시했다. 아이들은 호기심 어린 눈으로 장관을 쳐다봤다. 운동을 좋아하는 아이들은 무척 재미있어 했다. 하지만 운동을 별로 잘하지 못했던 기문은 아령 시범보다는 변영태 장관처럼 우리나라를 위해 외국을 돌아다니며 일하는 훌륭한 사람이 있다는 것이 신기했다. 그리고 "열심히 공부해 나라를 위해 큰 사람이 돼라."는 말씀이 더 기억에 남았다. 변영태 장관의 강연회 이후 기문은 "나도 나라를 위해 일을 하면 좋겠다."는 말을 식구들이나 주변 친구들에게 꺼내곤 했었다.

그러고 보니 국제적인 일을 한 적이 있기도 했다.

초등학교 6학년 때였다. 기문은 헝가리 국민봉기와 관련해 다그 함마르셸드 유엔 사무총장에게 탄원서를 보냈었다.

헝가리는 제2차 세계대전 이후 소련의 지배를 받았다. 헝가리의 집권당인 노동자당은 소련의 독재자 스탈린의 입김에 따라 좌지우지되었다. 자유는 사라지고 경제는 갈수록 어려워졌다. 그러다 1953년 스탈린이 사망하면서 그의 철권 체제에 신음하던 동구권에서 스탈린을 비판하는 여론과 격하운동이 일어났다. 그러면서 국민의 자유에 대한 열망이 더욱 거세지기 시작했다. 헝가리에서는 1956년 10월 23일 공산당 독재에 반대하는 봉기가 일어났다. 하지만 스탈린에게서 권력을 이어받은 소련의 흐루시초프는 이를 좌시하지 않았다. 탱크를 몰고 헝가리를 무력 침공했다. 시민들은 멈추지 않고 13일간이나 '자유를 달라'고 외치면서 투쟁을 벌였다. 하지만 헝가리 국민의 봉기는 실패로 끝났다. 소련의 탱크에 무려 2,500명이 목숨을 잃었고 2만 명의 국민이 다쳤다. 결국 살아남은 사람들 상당수도 다른 나라로 이주했다.

기문은 소련의 부당한 헝가리 침공을 규탄하는 내용의 글을 전교생 앞에서 읽어 내려갔다.

"존경하는 함마르셸드 유엔 사무총장님! 헝가리 사람들이 자유를 위해 공산주의에 맞서 싸우고 있습니다. 세계의 평화를 위해 일하는 유엔에서 그들을 도와주어야 합니다."

기문이 또박또박 글을 읽자 선생님들은 아이들에게 박수를 치라고 했다. 다른 아이들에게 헝가리나 자유, 함마르셸드 같은 것은 흥미로운 것이 아니었다. 기문도 어느 정도는 그랬다. 헝가리 혁명이나 유엔, 유엔 사무총장의 일, 국제 정치가 무엇인지 알 수 없었다. 하지만 무엇이 옳고 그른지 판단할 수는 있었다. 남의 나라에 탱크를 몰고 들어와 사람을 죽이는 일이 어떻게 벌어질 수 있는지 이해할 수가 없었다. 헝가리의 사정이 일제강점기의 우리 사정과 같다는 생각도 들었다. 옳은 것을 위해 외칠 수 있어야 한다는 생각대로 행동한 것이다. 동네 골목을 평정하는 일에나 관심을 가져야 할 초등학생으로선 일종의 '오버'일 수도 있었다.

재미있게도 이 인연은 대단히 길게 이어졌다. 정확히 50년 뒤 헝가리 정부로부터 '헝가리 자유의 메달'을 받게 된 것이다.

2006년 가을 그가 유엔 사무총장에 선출되면서 수락 연설을 통해 바로 이 일화를 소개했고, 헝가리 정부는 이 오래된 일화를 높게 평가했다. 한 초등학생의 작은 행동이 50년 뒤에 훈장이 돼서 돌아올 줄 누가 알았겠는가?

미국 연수 프로그램에
도전하다

외교관의 꿈이 서서히 영글고 있을 때 김성태 선생님은 다시 기문을 불렀다.

"기문아, 미국에 가볼 수 있는 기회가 있는데 한번 도전해보자."

"미국이요?"

기문은 화들짝 놀라 선생님께 되물었다. 선생님은 "녀석, 촌스럽게 굴기는. 허허허!" 하시며 어깨를 툭툭 쳤다. 선생님은 어안이 벙벙한 표정으로 앉아 있는 기문에게 비스타(VISTA, Visit of International Student to America)라는 미국 연수 프로그램에 대해 설명했다. 그 당시 미국의 적십자사에서는 해마다 세계 각국의 청소년들을 미국으로 초대해 한 달 동안 연수를 시켜주고 있었다. 당연히 동맹국인 한국의 적십자사에도 연락이 왔고, 한국적십자사에서는 각 지방 교육청으로 공문을 내려보냈다. 아이들의 장래와 도전에 관심이 많던 김성태 선생님이 그 소식을 놓칠 리 없었다. 서울에서 열리는 영어대회에서 입상을 하면 비스타 프로그램에 뽑힐 수 있다고 했다.

기문이 놀라는 것도 당연했다. 아마도 당시 충주에서 미국을 가 본 사람은 한 명도 없었을 것이다. 더군다나 까까머리 고등학생이 미국에 간다는 건 상상할 수도 없는 일이었다.

선생님은 대답을 못하고 망설이고 있는 기문에게 이야기를 계속했다.

"물론 미국 가는 기회는 쉽게 잡기 어려울 거야. 그러나 나는 너처럼 영어를 좋아하고 또 열심히 하는 학생은 본적이 없단다. 너야말로 자격이 된다고 생각한다."

반기문은 선생님의 이 말에 좀 전의 촌티를 벗어던지고 단단히 용기를 냈다.

"그럼 한번 도전해 볼게요."

선생님은 기문이 이 제의를 받아들일 것이라고 예상했다. 기문이 말이 없고 신중해 내성적으로 보이지만 진취적이고 나이에 비해 냉철함도 있다는 것을 잘 알고 있었다. 곧 고3이 되는 시기였지만 기문이라면 이런 기회를 그냥 보낼 아이가 아니란 것을 믿었다.

서울에는 경기고, 서울고, 경복고 등 내로라하는 명문 학교들이 즐비했다. 김성태 선생님은 자신이 아무리 잘 가르친다고 해도 한계가 있다는 것을 인정할 수밖에 없었다. 그래도 기문 같은 우수한 학생을 데리고서라면 도전해볼 만하다는 자신감이 있었다.

고3을 앞두고 영어대회를 준비하는 것이 못내 부담스러웠지만 대회 준비를 하면서 영어 실력은 물론이고 기문은 뜻하지 않은 것을 얻을 수 있었다. 선생님이 시사 분야를 준비시키면서 기문에게 영어 신문을 읽게 했기 때문이다.

"기문아, 서울 가는 사람들에게 부탁해서 영어 신문을 사달라고 해라. 서울에 가면 〈코리아 타임스 *KOREA TIMES*〉라는 게 있다."

"예, 알아볼게요."

그 후, 기문은 영어 신문을 읽으면서 다양한 영어 표현, 살아 있는 영어 표현을 익힌 것은 물론이고 세상과 세계를 보는 시야도 넓어지게 되었다. 영어를 좋아하는 기문에게 영어 신문 읽기는 정말 재미있는 공부였다.

서울 본선 대회가 열리기 전, 기문은 자동으로 충청도 대표로 뽑혔다. 다들 '그런 시험엔 나가봐야 서울 아이들 들러리나 된다.' '그런 어려운 시험을 어떻게 보냐?' 하면서 아무도 시험에 응시하지 않았기 때문이었다. 충청도 대표가 되고 나니 '잘만 하면 미국 연수를 갈 수도 있겠구나.' 하는 생각이 들었다. 그러면서 자신도 역시 서울 아이들 들러리로 끝나는 건 아닐까 하는 걱정이 생겼다. 하지만 기문은 괜한 걱정으로 시간을 보내고 싶지 않았다. 생각을 긍정적으로 바꿨다.

"그래, 한번 도전해보기로 했으니 끝까지 가보는 거야. 결과가 안 좋더라도 서울 아이들이 얼마나 센지 이참에 한번 알아보는 거지, 뭐. 아참! 그러고 보니 못해도 서울구경이네."

기문은 마음이 편해졌다. 이제 대회를 준비하는 마음이 한결 가벼웠다.

시험은 문제를 어렵게 내기로 유명하다는 한 대학교수가 출제했다. 전국에서 영어라면 한가락 한다는 아이들이 다 모였다. 기문은 함께 시험을 볼 애들을 둘러보았다. 깔끔한 서울 학생들을 보고 있자니 은근히 주눅이 들었다. 하지만 '시험지가 서울놈, 촌놈 차별하는 것은 아니니까.' 생각하고 묵묵히 시험을 봤다. 다행히도 모르는 단어나 표현은 나오지 않았다.

시험을 끝내고 충주로 돌아오자 아이들은 물론이고 수업에 들어오거나 복도에서 마주치는 선생님들마다 기문을 붙들고 "시험 잘 봤냐?"고 물으셨다. 기문은 그냥 담담하게 대답했다.

"그냥 봤어요."

평소 그런 식으로 대답하면 대부분 만점이었다. 김성태 선생님은 '저 녀석, 시험 잘 봤군.' 하며 희망을 가졌다. 하지만 합격했다는 소식은 들려오지 않았다. 느낌이 좋지 않았다. 김 선생님은 교장 선생님을 찾아갔다.

"교장 선생님, 기문이 발표 때문에 의논드릴 것이 있습니다."

"그래, 발표가 늦어지고 있는 건가? 왜 이렇게 소식이 없지?"

"그게 아니라 뭔가 일이 꼬인 거 같습니다. 수고스러우시겠지만 교장 선생님께서 한번 알아봐주셔야겠습니다."

"나도 조금은 걱정이 되긴 했네만. 이 사람아, 조급하게 굴지 말게

나. 기문이가 실력 발휘를 제대로 못했을 수도 있지 않은가? 괜히 들
쑤셨다 애가 부담스러워 할 수 있으니 좀 더 기다려 보자고.”

그렇게 대답했지만 교장선생님도 여간 애가 타는 것이 아니었다.
기문이 비스타 프로그램에 선발되면 기문이의 인생에도 전환점이 되
겠지만 충주고가 지방 명문을 넘어 전국적인 명문으로 발돋움할 수
있는 좋은 기회였다.

교장 선생님도 아무래도 안 되겠는지 며칠 후 서울로 직접 올라가
시험을 주관한 기관에 찾아갔다. 충주고등학교에서 학생의 당락 문
제로 교장 선생님이 직접 찾아왔다고 하자 시험 담당자는 놀라는 표
정이었다.

“반기문? 아 그 학생이오? 그러니까 결과는 나왔고요.”

담당자는 뜸을 들이며 대답을 신통치 않게 했다. 교장 선생님이
얼굴 근육에 힘을 주며 쳐다보자 시선을 피하며 하는 말은 가관이
었다.

“그 반기문 학생 콧등에 볼록 튀어나온 점이 있어서 나라 대표로
해외에 보내기가 영 그렇습니다.”

교장 선생님은 펄쩍 뛰었다.

“뭐라고요? 아, 얼굴에 있는 점이야 당장 병원 가서 떼어버릴 수도
있는 거 아닙니까?”

교장 선생님이 담당자와 이야기하고 있는데 사무실에 계속 전화
기가 울려댔다. 통화 내용을 엿들으니 자기 학교 학생을 붙여달라는

미국 연수 프로그램인 비스타의 장학생으로 선발된 반기문.
전국에서 모인 많은 응시생 중 당당히 1등을 차지했다.
함께 선발된 장학생들과 출국 전 사진을 찍었다.

청탁전화였다. 지금이야 있을 수 없는 일이고, 있어도 곧 밝혀져 문제가 되지만 그때는 그런 시대였다. 연줄을 통해 이것저것 다 할 수 있는 그런 시절이었다. '콧등의 점'을 이유로 합격시킬 수 없다는 황당한 말에 교장 선생님은 승부수를 띄웠다.

"좋습니다. 떨어질 때 떨어지더라도 점수나 좀 봅시다. 돌아가서 나도 우리 선생님들이랑 그 학생한테 할 이야기가 있어야 하지 않겠습니까?"

담당자는 주저주저하더니 점수를 알려주었다. 많은 응시생 중에서 기문이 혼자 80점대를 받았다. 1등이었다. 그것도 2등과 10점 이상 차이가 났다. 교장 선생님은 기문이에게 고마운 생각이 들었다. 시험을 잘 봐줘서 고맙고, 이렇게 성적이 좋으니 서울까지 찾아와 실랑이한 게 헛수고가 아니게 되어서 고마웠다. 그리고 당당하게 기문이를 위해 싸울 수 있는 상황인 것도 고마웠다. 성적이 1등이라는 것을 안 이상 그냥 두고 볼 수만은 없었다. 교장 선생님이 굽힐 수 없는 상황이었다. 충주로 돌아와서도 계속 민원을 넣었다. 충주 비료공장의 미국인 엔지니어들도 미국 대사관에 연락하는 등 힘을 써주었다. 결국 기문은 다른 남학생 한 명, 여학생 두 명과 함께 비스타 장학생으로 선발되었다.

충청도 촌놈이
공부 잘해 미국에 간다

기문이 비스타 장학생으로 선발되었다는 소식은 충주고뿐만 아니라 충주 전체의 경사였다. 대한민국에서 영어 좀 한다는 쟁쟁한 아이들을 물리치고 당당히 시험에 1등 했다는 사실보다는 '충청도 촌놈이 공부 잘해 미국에 간다.'는 것이 대단한 이슈였다. 지금으로 따지면 한국 최초로 선발된 우주인과 같은 존재이니 어찌 대단하지 않았겠는가.

어른들은 어른들대로 '충주에 인물 났다.'며 자랑스러워했고, 아이들은 '나도 반기문처럼 공부 잘해 미국 가야지.'라는 꿈을 품게 되었다. 동네 꼬마들은 '우리 동네에 반기문이 산다.'며 자랑하고 다녔다. 하여간 기문이 하나로 온 충주가 자긍심 잔치를 벌일 지경이었다.

충주고 부근에 있는 충주여고에서는 기문이 미국으로 떠날 때 미국인에게 전달할 선물로 학생들이 복주머니를 만들었다. 청소년적십자단 활동을 같이 하던 충주여고의 유순택이 대표로 기문에게 그 복주머니 선물을 전달했다.

"기문아, 축하해. 영어 공부 그렇게 열심이더니만. 잘하는 건 알았어도 이 정도인 줄은 몰랐는데 말이야. 암튼 건강하게 잘 다녀와."

기문은 쑥스러워서 얼굴이 벌겋게 달아올랐다. 청소년적십자단 활동을 하면서 고2 때 처음 만난 순택이는 얼굴도 예쁘장하고 조용하며 차분한 성격이라 남학생들에게 꽤 인기가 좋았다. 공부도 잘해 충주여고의 학생회장을 하고 있었다. 기문도 봉사 활동이나 공부 모임을 같이 하면서 순택이가 마음에 들어 '순택이는 참 착한 것 같아. 얼굴도 예쁘고. 내가 순택이랑 사귀었으면 참 좋겠어. 같이 도서관 다니면서 공부도 하고 말이야.'라는 생각을 해왔다. 그런 친구가 자기한테 웃으며 축하한다고 해주니 가슴이 두근두근 뛰었다.

"어, 그래! 순택아, 우리 친하게 지내자!"

그렇게 말하고 싶었지만 입에서는 "어, 그래 고마워. 예쁘다. 복주머니…… 복주머니 참 예쁘게 잘 만들었네."라는 말만 나왔다.

기문은 충주의 스타가 되었다. 학교에서도 기문을 특별히 배려해주었다. 교칙에 따라 머리를 1센티미터 이상 기를 수 없었는데 기문은 머리를 기를 수 있게 된 것이다. '나라를 대표해 비행기를 타고 미국까지 가는데 빡빡머리로는 너무 촌티가 난다.'는 이유였다. 즉 국위선양의 일환으로 머리도 기르고 멋도 좀 내라는 것이었다. 그래서 충주 시내에서 머리를 기른 남학생은 반기문 단 한 명뿐이었다.

미국으로 출국하기 몇 주 전, 미국에 가는 기문을 축하하는 뜻으로 기념 촬영을 하기 위해 학생들이 교복을 반듯하게 차려입고 모였다. 공부 말고 싸움질이나 연애에 관심 많고, 기타를 들고 다니며 좀 논다는 어느 친구는 머리를 기를 수 있는 기문이 부럽기만 했다. 학생주임이 무서워 절대 할 수 없었던 것인데, 범생이 기문은 학교에서 권유까지 해 머리를 기른다니 장난으로 시비를 걸었다. 사실 기문이

비스타 장학생으로 미국에 가는 반기문을 축하하며
충주고등학교 친구들이 함께 기념사진을 찍었다.

와는 싸움이 안 된다는 것을 잘 알고 있었다. 싸움이 걸리지 않는 녀석이었기 때문이다.

"어이, 반기문. 어, 이거 봐라. 모범생이 머리를 다 길러? 너 혼자 머리 기르면 다냐?"

"에이 뭘, 나라고 기르고 싶어서 기르겠냐? 그냥 시키니까 하는 거지 뭐."

기문은 친구의 짓궂은 말에 머쓱한 표정으로 대답했다. 돌아서며 생각하니 참 우습기도 한 상황이었다.

'저 녀석은 내가 상장 받을 때는 부러워도 않더니만. 근데 솔직히 영어 잘한다고 머리도 기르게 되다니, 우습다.'

기문이가 하는 것이라면 그냥 묵묵히 지켜봐주기만 하시던 부모님도 기문이 출국하는 날엔 생업을 접고 김포공항까지 함께 가주었다. 서울에 올라오기 며칠 전에 어머니는 기문이 미국에서 쓸 용돈으로 30달러를 마련해주었다. 당시로는 쌀 두 가마에 해당하는 큰돈이었다.

"기문아, 이 돈으로 먹고 싶은 거 많이 사먹고 그래라."

그러면서 어머니는 행여 잃어버릴까 속옷에 따로 주머니를 만들어 달아주었다. 그리고 그 주머니 안에 30달러를 소중하게 넣어주었다.

아버지나 어머니는 한 번도 기문에게 공부를 열심히 하라고 말한 적이 없었다. 오히려 늦게까지 공부하는 아들이 안쓰럽게 생각되는 때가 많았다. 한참 먹성 좋을 나이에 예닐곱 시에 저녁밥을 먹고 밤 늦게까지 공부를 하면 출출할 것이 뻔했다. 어머니는 간식이나 밤참으로 감자나 고구마를 쪄서 주곤 했는데, 더 좋은 음식을 해주지 못하는 것을 늘 안타까워했다. 아이 스스로 알아서 공부하고 이렇게 '출세'를 하다니 기특한 마음도 들었지만 부모로서 미안한 마음도 적지 않았다.

기문이 비행기에 타는 것을 보고 난 후 기문의 부모는 다른 선발 학생들의 부모들과 함께 서울의 고급 레스토랑에 모여 식사를 했다. 그런데 충청도 촌 양반인 기문의 부모는 메뉴판을 보고 어떤 음식을 시켜야 할지 몰랐다. 그나마 대충 알아본 오므라이스를 시켜 식사를 했는데, 다른 부모들은 먹음직스러운 고기를 나이프로 썰어 먹고 있었다. 그 모습을 보면서 기문의 부모는 '내 아들은 많이 배워서 저 고깃덩이 요리도 척척 시켜 먹어야 할 텐데.'라고 생각했다. 자나 깨나 자식 생각, 부모님은 그런 분들이었다.

케네디 대통령과의 만남으로
꿈의 설계도가 그려지다

1962년 고3 여름방학 때 떠난 비스타 프로그램은 한 달간 진행되었다. 미국 청소년적십자단 활동에 참여하는 것은 물론 관광, 미국인 가정에서의 홈스테이, 예술제, 봉사, 연수 등의 일정으로 43개국 117명의 대표 학생들이 함께했다. 기문은 이 프로그램에 참가한 미국, 캐나다, 독일, 이탈리아 같은 선진국의 학생들뿐만 아니라 칠레나 유고슬라비아, 파나마 같은 작은 나라의 학생들도 만날 수 있었다. 기문은 패터슨이라는 중학교 교장 선생님의 집과, 농장주인 존 바레트의 집에서 얼마간 지냈다. 미국인 가정에서 그들의 식구가 되어 지내면서 보니 미국인들은 대체로 긍정적이고 즐겁게 살고 있었다. 물질적으로 안정이 된 상황도 있었지만, 그들의 여유 있는 생활과 밝은 표정을 보니 '가화만사성(家和萬事成)'이라는 말이 절로 떠올랐다. 게다가 동양에서와는 달리 어린아이들을 하나의 인격체로 존중하는 모습도 인상적이었다. 하지만 기문은 그것에 대해선 아주 좋게만 생각이 들진 않았다. 너무 자유를 줘 방종하게 만들 수도 있다는 생각이 들었기 때문이다.

기문은 각국 학생들은 물론이고 미국인들이 대한민국이라는 나라에 대해 전혀 아는 것이 없어 너무 놀랐다. "Where is Korea?" "Is there any University in Your country?"라는 무식한 질문에 기가 막힐 지경이었다. 기문은 한국 대표로서 한국에 대해 알리려고 노력했다. 아는 단어를 총동원하고 몸짓을 써가며 한국이라는 나라에 대해 설명하면서 문득 '그래, 이게 바로 외교관의 일이지.'라는 생각이 들었다.

관광, 미국 생활, 봉사 활동도 뜻깊은 경험이었지만 뭐니뭐니해도 케네디 대통령을 만났던 일이 가장 인상적이었다. 백악관 견학을 하는 내내 기문은 잠시 후에 케네디 대통령을 직접 볼 수 있다는 생각에 긴장되기도 하고 가슴이 두근거렸다. 견학을 마치고 앉아 있으니 케네디 대통령이 등장했다. 케네디 대통령은 가까이서 보니 그다지 큰 체격은 아니었지만 뿜어 나오는 에너지가 꽤나 웅장하다는 느낌이 드는 사람이었다. 케네디 대통령은 2~3분간 짧게 연설을 했다. 기문은 케네디 대통령의 아우라에 취해 연설 내용은 기억도 나지 않았다. '미국에 온 것을 환영하며 적십자의 정신으로 각 나라의 발전을 위해 노력하자.'는 정도만 기억날 뿐이었다. 케네디 대통령은 연설을 마치곤 연단 앞으로 나와 학생들 몇몇과 악수를 했다. 기문은 케네디 대통령과 악수를 하려고 노력했으나 잘되지 않았다. 미국에서는 모든 것이 '레이디 퍼스트'였으니 악수하기 좋은 앞자리는 여학생들 차지였기 때문이다. 스스로 생각해도 싱거운 노력이었다.

그래도 케네디 대통령에게 기문의 진심이 전해졌는지, 훤칠한 키에 다소 싱거워 보이는 인상을 한 소년에게 케네디 대통령은 장래 희망이 무엇이냐고 물었다.

기문은 망설임도 없이 씩씩하게 대답했다.

"외교관입니다."

기문의 대답을 듣고 케네디 대통령은 빙그레 웃으며 자리를 떴다. 기문은 그 대답을 하는 순간 무언가 선명하고 명확하게 그려지는 기분이 들었다. 이상한 기분이었다. '그래, 내 꿈은 외교관이야.'라며

반기문은 비스타 장학생으로 선발되어 케네디 대통령과
만났다. 장래 희망이 무엇이냐고 묻는 케네디 대통령에게
반기문은 "외교관입니다."라고 대답했다.

다시 속으로 되뇌었다. 김성태 선생님께서 외교관이 되라고 말씀하였을 때는 촌티를 내며 '지가 위째 그런대유?'라고 했었는데 말이다.

'제 꿈은 외교관입니다.'라고 말하는 순간, 무엇이 될 줄도 모르고 하나하나 성실히 엮어만 가던 씨줄과 날줄이 확실히 모양새를 드러낸 것이다. 비로소 열아홉 살 반기문에게 꿈의 설계도가 제대로 그려지는 날이었다.

꿈도 물을 줘야
자랄 수 있다

미국에 다녀온 후 기문은 한동안 마법의 세계를 경험한 것처럼 멍한 기분이었다. 그러나 미국 여행에 대한 추억은 옆으로 접어놓고 얼른 다시 책을 손에 잡아야 했다. 입시 준비에 모든 걸 걸어야 하는 고3이었기 때문이다. 더욱이 미국에 다녀온 1개월이라는 짧지 않은 기간 동안 입시와 멀어져 있는 상태였기에 시간을 더 소모할 수가 없었다.

그런 기문에게 한 친구가 농담 반 걱정 반으로 말을 건넸다.

"야, 한 달을 놀고 왔는데 서울대 갈 수 있겠냐? 힘들지 않겠어?"

"글쎄, 해보는 데까진 해봐야지 뭐. 해보다 안 되면 할 수 없는 것이고."

"어이구, 태평하긴."

말을 건넨 친구는 기문이 여유 있게 나오니 오히려 민망한 표정이 되었다.

기문의 부모님은 아들에게 공부하는 문제를 놓고 이래라저래라 한 적이 없었다. 하지만 아직 아들의 속내를 잘 알지 못하던 아버지는 장래가 걱정됐는지 아들을 불렀다.

"기문아, 너는 공부를 잘하니 의대에 가는 게 어떻겠냐? 너도 알다시피 할아버지가 한약방 하셨잖아. 요즘 들어 할아버지 말 듣고 나도 한약이나 배웠으면 좋았을걸 그랬다는 생각이 드는구나. 식구들 고생시키다 보니 그런 생각이 많이 들어. 그러니 너는 안정적인 의사가 되면 좋겠다."

기문은 아버지의 말씀을 잠자코 들었다. 그러곤 어렵게 입을 뗐다.

"그런데 아버지, 의사도 좋은 직업이긴 한데요, 저는 그쪽은 좀 아니지 싶어요. 왜냐면 피만 봐도 무섬증이 생기거든요. 그러니 어찌 의사를 할 수 있겠어요. 저는 의사보다 외국어 하는 게 좋거든요. 외교학과 가서 외교관 할래요."

영어를 잘하기도 했고, 어려서부터 나라를 위한 일을 하고 싶다고 했지만 외교관이 되겠다고 말하는 것은 처음이었다. 혹시 이 애가 미국을 다녀와서 헛바람이 들었나 싶어 아버지는 놀라 물으셨다.

"너 이번에 미국 다녀와서 미국물 들어서 그러는 거냐?"

"아니에요. 그전부터 생각이 있었어요. 영어 선생님도 그리 지도해주셨고요. 제가 외교관 쪽으로 나가면 잘할 것 같다고 하시면서요."

"그래? 선생님이 잘 봐주셔서 고맙구나. 선생님이 더 잘 아시겠지. 그런데 그거 쉬운 건 아닐 텐데. 하여간 네 뜻은 알았다."

아버지는 고개를 끄덕였다. 뜻대로 해보라는 표시였다. 평소 성품이 유순한 아들이었지만 한번 마음먹은 일은 쉽게 바꾸지 않는 성격임을 잘 알고 있었기 때문이다.

아버지에게 "지는 외교관이 될 거구먼유."라고 말해놓고도 사실 기문은 막막했다. 어쩌면 어른들 바람대로 의사가 되거나 은행 같은 큰 직장에 들어가는 것이 안정적일 수 있었다. 하지만 기문은 자신이 하고 싶은 일이 무엇인지 이제는 확실하게 알았다.

반기문이 충주고 문과에서 최고 성적이긴 했으나 그렇다고 서울대가 보장되는 정도는 아니었다. 게다가 외교학과는 당시에도 인기학과라 경쟁이 만만하지 않았다. 이런저런 걱정이 꼬리에 꼬리를 물었다. 이런 잡생각에서 얼른 빠져나와 공부에 매진해야 하는데 걱정이 좀처럼 정리되지 않았다. 그때 동생이 와서 한마디 툭 던졌다.

"서울대 외교학과? 그래, 어차피 떨어질 거면 센 학과에 지원했다가 떨어져야 핑계라도 대지. 잘해봐."

"이 녀석이 형을 놀려. 미국 가서 케네디 대통령도 만나고 온 형을 뭘로 보고?"

말은 그렇게 했지만 합격에 대한 확신은 들지 않았다.

입시제도가 자주 바뀌고 있어 약간의 혼란도 있었다. 기문은 그저 하던 대로, 할 수 있는 대로 성실히 시험을 준비하는 수밖에 다른 방도가 없었다.

그렇게 걱정을 하긴 했지만 기문은 1963년 무난하게 서울대 외교학과에 합격했다. 합격증을 받고 나니 '미국에서의 한 달이 아니었으면 수석 입학해서 장학금을 받을 수 있는 건데.'라는 마음이 들었다. 친구인 허문영도 서울대 공대에 합격해 충주고엔 큰 경사가 났다. 한 해에 두 명이나 서울대에 들어간 것은 처음 있는 일이었기 때문이다.

시골 학교를 다녔던 반기문이 김성태 선생님과 같은 열의 있는 영어 선생님을 만나지 못했다면, 또 열아홉에 미국에 가보지 않았다면 그리고 거기서 케네디 대통령을 만날 수 없었다면, 그의 꿈은 씨앗인 상태로 발아되지 못한 채 그대로 머물러 있었을 수도 있다. 그러나 다행히도 반기문은 자신의 꿈에 물을 줄 사람을 만나 꿈의 줄기와 이파리를 생생히 키워갈 수 있었다. 꿈도 물을 줘야 자랄 수 있기 때문이다.

외국 소년들에게서 느끼고 생각한 일들

충주고등학교 3학년 **반기문**

7월 30일 오후 3시 45분, 김포국제공항을 경기고의 곽영훈 군, 경기여고의 정영애 양, 경남여고의 신은주 양과 함께 떠났다. 생각하면 곧 하늘의 별이라도 따고 말 기분이었지만 한편 내 자신이 앞으로 어떻게 처신해야 하는가에 대해 조심스러웠던 것도 사실이다.

우리 일행이 맨 먼저 도착한 샌프란시스코에는 25개국에서 41명이 모였다. 서로 인사 교환하기에 여념이 없었으나 곧 그룹을 나눴는데, 우리 반은 캐나다, 칠레, 터키, 파나마, 인디아, 독일, 유고슬라비아, 뉴질랜드, 이탈리아, 한국으로 구성되었다.

샌프란시스코에서의 생활은 대개 시가지 구경이었다고 해도 좋겠다. 우리들은 세계에서 제일 긴 골든 게이트 브리지(Golden Gate Bridge)

라든가 베이 브리지(Bay Bridge), 골든 게이트 파크(Golden Gate Park) 등 두루 여러 군데를 보았다. 특히 항상 안개에 싸여 있는 골든 게이트 브리지는 아직도 그 웅장한 자태가 눈에 선하다.

샌프란시스코에서 3일간 머무른 다음 마린 컨트리로 갔다. 나의 가족은 로버트 패터슨(Robert. A. Patterson)이라는 중학교 교장 선생님이었다. 맨 처음에는 말을 알아듣기가 힘들어서 좀 난처하였다. 더구나 습관이 젖지 않았기 때문에 '고맙다'는 인사를 한다든가 'Excuse me.'라는 말도 여간해 나오지 않았다. 남의 어깨를 치고서도 먼저 상대방으로부터 그런 말을 듣고 난 뒤라야 'Excuse me.'라는 말도 나왔다.

미국 가정생활은 무척 즐거웠다. 해변가로 산책을 간다든가 또는 말을 타고 시간을 보낸다든가 무척 재미있는 생활이었다. 보통 그러한 일은 토요일이나 일요일에 하였다. 월요일과 화요일은 직접 활동하는 날이다. 내가 택한 것은 국제관계 및 교육부 면이었다.

대개 미국 청소년적십자 단원의 활동은 정해져 있는 것 같았다.

기프트 박스(Gift Box)나 체스트 박스(Chest-box) 또는 아트 익스체인지(Art Exchange) 같은 것이 그들의 주요사업인 것 같았다. 말이 나왔으니 가장 감명받았던 미국 적십자의 사업을 이야기해보기로 하겠다.

첫째는 헌혈 프로그램(Blood Program)이다. 우리나라에서도 몇 해 전부터 적십자 사업으로 운영되고 있는 이 사업이 미국에서는 무척 활발하였다. 피가 모자라는 사람을 위하여 아낌없이 자기 피를 제공하는 거룩한 일인 것이다.

한 지사의 병원에서 수십 명이 자기의 피를 빼고 있는 거룩한 장면을 볼 수가 있었다. 이것이야말로 앙리 뒤낭(Henri Dunant)이 솔페리노 전쟁에서 발휘한 고귀한 인간애일 것이라고 생각하였다.

둘째는 봉사원 활동(Volunteer activity)이다. 정말 봉사원들에게는 무척 깊은 인상을 받았다. 자기의 일도 젖혀놓고서 몇 시간 동안, 때로는 며칠씩 정신적·물질적으로 남을 돕는 것을 보고서 그들에게 무척 감사도 드리고 또 가장 고귀하게 보았다. 미국 내에는 무려 3,600개 지사가 있고 그 지사마다 약 900명의 봉사원이 있다니 그 수는 실로 200~300만 명에 달할 것이다. 아마 미국 적십자 사업 중 90%가 봉사원의 손에 의해 이루어지고 있다고 해도 과언이 아니리라.

미국인의 가정생활에 관해 말해보려 한다.

제일 좋았던 것은 그 사람들은 항상 명랑한 생활을 한다는 것이다. 물론 여러 가지 호조건의 덕택이겠지만 그곳에선 인간으로서 대하는 것이다. 동양에서와 같이 어른은 아이들을 무조건 눌러버리는 그러한 관성과는 근본적으로 다르다. 그렇기 때문에 아버지와 아들, 남편과 아내, 아들과 딸 모든 사람 사이에 항상 웃음의 꽃이 피고 좀 더 나은 내일을 약속하는 기반이 되는 것이다. 그러나 이렇게 좋은 점이 있는 반면 나쁜 점도 없지 아니하다. 적어도 나에게는 그렇게 좋게는 생각되지 않았음을 솔직히 말해둔다.

미국 사회는 미국의 10대 청소년들에게 너무나 많은 자유를 주고 있는 것 같은 느낌이 든다. 지나칠 정도로 생활을 enjoy하려고 한다든가 또는 부모와 자식 사이에 의견이 맞지 아니할 때는 부모가 간섭을 안 한다든가 하는 것은 서양미덕은 되는지 모르지만 적어도 동양도덕에는 없는 소리이다.

마린 컨트리에서의 7일간 후에는 오르건 주의 포틀랜드로 갔다. 거기서는 농장을 경영하는 존 바레트(John Barett)씨 댁에서 머물렀다.

미국 사람 및 그 외 대표들의 한국에 대한 인식부족에는 놀라지 아니할 수 없을 지경이었다. 사전(辭典)이 있느냐, 대학(大學)이 하나라도 있느냐 또는 남녀 date를 하느냐 하는 등의 질문은 기가 막힐 지경이었다.

포틀랜드에서 우연한 기회에 인디언을 만날 기회가 있었다. 그네들의 독특한 복장에 고유의 춤과 노래는 진귀한 구경거리였다.

포틀랜드에서 7일간을 지낸 뒤 워싱턴 주의 스포캔으로 갔다. 미국 사람들은 자동차와 밀접한 생활을 하고 있다. 한시라도 떨어져 있기 싫어하는 눈치다. 그래서 그런지 드라이브인 극장(Drive-in Theater)이나 드라이브인 식당(Drive-in Restaurant)이 많이 눈에 띈다.

drive-in이라는 것은 자동차를 몰고 극장이나 식당에 들어가서 자동차 안에서 영화 구경을 한다든가 음식을 먹는, 듣기에도 아주 기이한 일들이다. 여하튼 자동차와 텔레비전, 냉장고는 미국인의 필수 생활 조건인 것 같다. 8월 22일 워싱턴 D.C.로 갔다. 거기서는 43개국 117명의 대표들이 모였다. 진짜 우리의 생활은 워싱턴에서 재미있었다. 인종도 많이 모였지만 성질도 별의별 인간이 다 모였다. 우리의 숙소는 가정 대신 웨슬리 신학 연구소(Wesley Theological Seminar)의 기숙사에서였다. 아침, 점심, 저녁 1백여 명의 대표들이 한자리에 모여 식사를 하면 정말 가족과 같은 흐뭇한 마음이 들곤 했다.

한번은 '국제의 밤(International night)' 행사를 열었다.

한국 대표로서는 신 양이 부채춤을 추었는데 인기 최고였었다고 자부한다. 어떻게나 감탄들을 했던지 모든 대표들의 입이 다물어지지 않는 것 같아 보였다.

또 곽 군이 '비스타 노래(Vista Song)'를 지어 각국 대표들이 같이 부르게 하여 일약 한국을 빛냈던 것이다. 월, 화요일은 토론이 있었는데 월요일은 봉사원의 임무(Office of Volunteers), 교육적 관계의 임무(Office of Educational Relations), 안전과 재난의 국제 관계(Safety and Disaster International Relations)에서 2개를 선택하는 것이었다.

화요일은 농예(Agriculture), 국제법(International Law), 종교적인 삶(Religious Life), 교육(Education)에서 2개를 선택하는 것이었다. 내가 택한 것은 봉사원의 임무와 교육적 관계의 임무 그리고 국제법이었다.

한국 대표의 긍지를 가지고 남에게 지지 않으려고 노력했다. 우리에게 무척 영광스러웠던 날은 케네디(Kennedy) 대통령과 만난 날이었다. 먼저 백악관의 내실을 구경하고 11시에 만났다.

말로만 듣고 사진에서만 보던 케네디 대통령! 보기에는 묵직하게 생기신 분이었다. 2~3분 동안 연설을 하고 나서는 여자들 몇 명과 악수를 하고 들어가셨다. 한번 악수를 해보려고 노력하다가 헛수고만 한 생각을 하면 쓴웃음을 금치 못하겠다.

저녁 7시부터 저녁 만찬(Bon Voyage Dinner)이 있었다.

군터 회장(General Grunther)의 연설은 듣는 이로 하여금 심금을 울리게 했다. 폐회식을 마치고 난 각국 대표들은 서로 부둥켜안고 섭섭한 눈물을 흘렸다. 모두 다 형제자매와 같은 사이가 되었던 것이다.

이튿날 우리는 117명의 여러 대표들과 미국 적십자 관계 여러분과 친절했던 미국인 친구 및 미국에 adieu를 고했던 것이다.

03

작은 일에
충실하면 성공은
가까이 있다

집안 살림이 어려워져도
긍정의 힘으로

많은 부모들이 아이들에게 '너는 공부만 잘하면 된다.'는 말을 한다. 학생들로서는 꽤나 듣기 싫은 소리일 수도 있지만 아이가 공부만 열심히 잘할 수 있는 환경을 만들어주고 싶은 부모의 마음이 담긴 말이기도 하다. 기문의 부모도 그랬다. 워낙 제 스스로 재미를 붙이고 하는 공부니 걱정이야 안 했지만 가세가 기울면서 공부를 좋아하는 기문에게 집안 환경이 발목을 잡지나 않을까 걱정이 되었다. 기문이 초등학교를 다닐 때만 해도 가정 형편이 좋은 편이라 괜찮은 환경에서 공부할 수 있었다. 그런데 공부에 더 집중해야 할 중학생이 되면서 기문이네 집안 형편이 나빠지기 시작했다.

기문의 아버지는 본시 마음이 선하고 인심이 넉넉한 사람이었다. 자기 잇속을 챙기는 것보다는 상대방 형편을 먼저 생각했고 남에게 베푸는 것이 많았다. 종종 수십 권씩 하는 위인전 등 비싼 전집을 사들였는데, 공부 잘하는 자식들을 위한 것이기도 했지만 외판을 하는 주변 사람들의 청을 거절하지 못했기 때문이었다. 덕분에 아이들에게는 늘 읽을거리가 풍족했다.

아버지는 다니던 회사를 그만두고 물류를 담당했던 전문성을 살려 창고 사업을 시작했다. 그런데 반 씨네 창고에 이웃 사람들이 몰래 숨어들어가 쌀을 퍼가는 경우가 허다했다. 짐작 가는 데도 있고 해서

신고를 하면 쌀 도둑을 잡을 수도 있지만 아버지는 늘 그냥 내버려두라고 했다. "도둑이 되고 싶어 쌀을 도둑질했겠나. 배가 고프니 그랬겠지." 속은 타들어갔지만 번번이 눈을 감아주었던 것이다.

반 씨 인심이 그런 것을 아니 주변에서 어렵다고 쌀이나 돈을 빌리러 오는 일도 많았고, 그들이 와서 청하면 거절을 못했다. 그래도 먹고살만은 했다.

그러던 어느 날 충주에서 한 동네 살던 김 씨가 찾아왔다. 딱히 머물 곳이 없다며 사랑방에 주저앉았는데 무려 1년 동안이었다. 더부살이 빈대였지만 반 씨네 부부는 그를 손님 대접하며 끼니때마다 밥을 해 먹였다.

그런데 어느 날부터 김 씨는 '서울에서 좋은 사업을 할 게 있으니 돈을 좀 대라.'며 반 씨를 꼬드겼다. 반 씨는 반신반의하다 김 씨가 하는 말이 하도 그럴듯해, 재산과 창고에 있는 물건까지 잡혀 돈을 만들어줬다. 그날 저녁 김 씨는 그걸 들고 종적을 감춰버렸다. 아버지는 그 사람이 그럴 리가 없다며 서울까지 찾아 나섰지만 맘먹고 사기 친 사람을 찾을 순 없었다. 그게 기문이 한창 공부에 매진해야 할 중학교 3학년 때였다.

믿었던 친구에게 배신당한 아버지는 망연자실했다. 하지만 마냥 손을 놓고 있을 수 없었다. 곁에서 이를 지켜보던 어머니가 나섰다. 먼저 자투리 땅도 팔고 재산을 정리해 뒷수습을 했다. 이제부터는 살림뿐 아니라 생활 전선에도 뛰어들어야 할 판이었다.

집안 살림이 어려워지면서 장남인 기문은 앉아서 공부만 할 수 없게 되었다. 하지만 기문은 집이 가난해졌다고 공부를 게을리할 이유도, 특별히 변할 것도 없다고 생각했다. '어머니가 바쁘시니 장남인 내가 좀 더 동생들을 챙기고 집안일도 많이 도와드려야겠다.'는 마음만 들었다. 그리고 동생들을 불렀다.

"이제부터 매일 가위바위보를 해서 청소당번을 정하는 거다. 1등은 마당을, 2등은 마루를, 꼴찌는 사랑방을 치우는 거다."

"우와, 그래!"

"좋아!"

동생들은 좋다고 했다. 가위바위보로 정하자고 하니까 재미있게 느껴진 모양이었다. 어디를 청소하나 힘들기는 마찬가지인데도 서로 기를 쓰며 꼴찌가 안 되려고 했다. 그러다 며칠 연속으로 꼴찌가 되는 동생이 사랑방 치우는 게 싫다며 투정을 부렸다. 그럼 기문은 일부러 가위바위보를 늦게 내서 꼴찌가 돼 사랑방 청소를 떠맡아주었다. 동생들은 큰형 속도 모르고 "형은 공부는 일등이지만 가위바위보는 꼴찌래요."라며 놀렸다.

구들에 불을 땔 장작을 패는 일도 기문이와 형제들의 몫이었다. 드라마나 영화에서 볼 때는 꽤 낭만적으로 보일 수 있는 일이지만 쉬운 일이 아니었다. 긴 겨울 내내 쓸 장작을 패는 일은 어른들에게도 힘이 부치는 노동이었다. 추운 날씨에 장작을 패고 나면 옷은 흠뻑 젖었다. 힘이 들어 잠시 쉬기라도 하면 땀에 젖은 옷 위로 겨울바람은 더 차게 스쳤다. 장작을 다 팰 쯤이 되면 손바닥도 손등도 벌겋게 되어 있었다. 도끼를 쥐고 있던 손바닥에서는 열이 나고 손등은 찬 바람에 쓸려 트기 때문이었다.

고되긴 하지만 그런 힘든 일을 해보면서 책상물림에서 벗어나 자연스레 강단이 생겨났다. 그래서 앉아서 공부만 하는 자신에겐 이런 집안일이 운동이 된다면서 즐겁게 했다. 큰형이 '이건 말이야, 운동이 되는 거야.'라며 즐겁게 하니 자연스럽게 동생들도 일이라서 싫고 귀찮다는 생각을 하지 않았다.

운동 이야기가 나왔으니 그것과 관련된 이야기를 잠깐 해보자. 기문은 정말 운동에는 소질이 없었다. 지금도 운동을 하지 않는 것으로 유명하고, 자신이 운동을 못해 공부와 일에 집중할 수 있었다는 말을 종종 한다. 그래도 남자 형제들이 많았기 때문에 운동에 대한 애정은 있었던 모양이었다. 하루는 동생들과 의기투합해 마당을 파서 평행봉을 만들었다.

그뿐만이 아니었다. 어디서 굴러다니던 폐타이어와 철봉을 주워와 공사장에서 얻어온 시멘트를 틀에 부어 역기를 만들었다. 우습기는 했지만 형제들은 서로 역기를 들겠다며 난리였다. 관심 없이 마당에 내버려두다가도 누군가 한 사람이 역기를 들고 있으면 서로 다음은 자기 차례라며 줄을 섰다. 공을 치고받는 운동이야 잘하지도 못했고, 별 관심도 없었지만 그래도 건강해야 공부도 할 수 있고, 집안일도 할 수 있으니 운동과 체력의 중요성은 잘 알고 있어 근력을 키우는 운동에는 관심이 많았다.

그렇게 형제끼리 의좋게 지내니 가세가 기울었다는 것이 크게 신경 쓰이지 않을 법도 했다. 기문의 노력 덕분이었다. 공부만 하겠다며 책만 보지 않고 동생들을 거두는 장남에게 부모는 고마운 마음이 들었다.

그 공부 잘하는 애가
돼지 치는 반 씨네 장남이라고?

하루는 기문의 어머니가 알뜰살뜰하게 모은 돈으로 아들 모두에게 돼지를 한 마리씩 사줬다.

"잘 키워서 새끼를 낳으면 다 너희들 거니까 부지런히들 키워봐라."

시골이니 돈이 생기면 다들 소나 돼지 같은 가축을 사거나 논밭을 사서 가산을 불렸는데, 어머니는 기문의 형제 수에 맞춰 돼지를 사 직접 길러보라고 한 것이다. 신이 난 형제들은 골목과 뒤뜰에 나뒹굴던 나무판자나 각목을 가져다 어설프게나마 돼지우리를 만들었다.

거기까지는 재밌게 할 수 있었지만 돼지를 키우는 데는 손 가는 일이 많았다. 돼지라고 지저분하게 키우는 것이 아니라 우리에 지푸라기도 자주 갈아줘야 했다. 또 이놈의 돼지들이 어찌나 먹어대는지 시내의 음식점이나 동네를 돌아다니면서 돼지에게 줄 남은 음식물을 얻어오는 것도 일이었다.

그래도 형제들은 부지런히 먹여 돼지를 키웠다. 축사에서 나온 돼지 똥은 거둬다가 비료로 썼다. 돼지 똥은 좋은 비료가 되었다. 이 때문에 주변의 농가에서는 반 씨 형제들을 자주 찾아왔다.

"어이, 기문이 학생. 그 돼지 똥 좀 우리가 가져다 쓸게. 그리고 우리 집 옥수수 농사 잘 됐는데 이따 가져가."

"네, 아저씨. 한쪽으로 치워 놓을 테니 가져다 쓰세요."

돼지 치는 것이든 뭐든 집안일을 군소리 없이 잘 돕던 기문이 미국에 가는 무슨 연수생으로 선발되었다고 했을 때 동네 사람 몇몇은 크게 놀랐다. 기문의 어머니나 아버지나 자식 자랑이라곤 통 할 줄 모르는 사람들이었고, 기문도 공부 꽤나 한다며 목에 힘을 주는 일은 전혀 없었으니 그 이야기를 듣고 "누구? 그 돼지 치던 반 씨네 장남?"이라고 되묻기까지 했다. 학교에선 미래가 촉망되는 우등생에 영재였지만 집에 돌아오면 그냥 인심 좋고 얌전한 반 씨네 장남이었던 것이다.

"어휴, 녀석 대단하네. 공부 잘한다는 소리는 들었지만 저 집안일이며 돼지 키우는 일까지 거뜬히 해내는 것 좀 봐."

그래서 기문이 때문에 피해를 보는 학생들도 적지 않았다.

"아니, 반 씨네 아들은 집안일도 하면서 공부를 그렇게 잘한다던

데, 너는 도대체 뭐냐?"라며 동네 사람들이 자식들에게 잔소리 꽤나 했기 때문이다.

기문과 형제들은 돼지를 키우면서 이웃들에게 퇴비를 나눠주고 보리며 감자 같은 먹을거리를 받아와 집안 살림에 도움을 줄 수 있으니 힘들지만 보람을 느꼈다. 정성껏 키운 돼지는 잘 자랐고 새끼도 낳아 점점 마릿수가 불어났다. 돼지들을 팔아 집안 살림에 보탬이 되자 기문과 형제들은 더할 나위 없는 뿌듯함을 느꼈다.

집안 사정이 어려워졌다고 공부하기가 어려워진 것은 아니었다. 기문의 생각도 그랬다. 먹고살기 어려운 시절이라 많은 아이들이 집안일을 하면서 공부를 했다. 그리고 기문은 자신이 그렇게 아무렇지도 않게 여전히 공부를 해야 동생들도 보고 따라한다는 것을 잘 알고 있었다.

그래도 집안일을 이것저것 하고 나면 시간도 훌쩍 흘러 있고, 아무래도 공부할 시간이 줄어들긴 했다. 게다가 학교에서도 반장을 늘 도맡아서 했기 때문에 학급 일이나 선생님 심부름을 해야 했다. 기문은 자투리 시간을 활용해야 했다. 그러면서 자투리 시간을 허투루 보내지 않고 잘 활용하면 굉장한 효과를 얻을 수 있다는 것을 경험했다. 짬이 나는 쉬는 시간에 예습과 복습을 잠깐씩만 해두면 수업시간에 적응하기가 훨씬 수월했다.

자투리 시간을 잘 활용한다는 것은 단지 '시간을 잘 쓴다' '시간 관리를 잘한다'는 의미를 넘어선다. 매순간, 어떤 일이건 최선을 다한다는 것을 의미한다.

"어릴 때부터 지금까지, 최선을 다한다는 것이 어떤 모습이며 어떤 태도인가를 끊임없이 보여주며 사는 사람."

반기문 유엔 사무총장의 식구들이나 어렸을 적부터 그를 보아온 사람들은 그가 어떤 사람이냐고 물었을 때 이렇게 대답했다.

게다가 꾸준했다. 동생 반기상은 "머리라면 나도 형만큼은 좋고, 어린 시절 공부로 따지자면 형 못지않았지요. 하지만 스타일이 달랐습니다. 형은 평소에 시간이 날 때마다 공부를 했어요. 저는 놀다가 주로 벼락치기를 했죠. 한때는 제 방식이 더 효율적이라고 생각했는데, 나중에 보니 그게 아니더라고요. 꾸준히 하는 사람은 못 이기겠더군요."라는 이야기를 해주었다.

동생들은 형의 그런 자세를 보고 배우지 않을 수 없었다. 기문의 동생들은 학교에 입학하거나 학년이 올라갈 때마다 "네가 반기문 동생이냐?"라는 말을 들어야 했다. 그 말을 들을 때면 "나는 나요!"라고 외치고 싶은 기분도 있었지만 형 잘 둔 덕에 선생님들에게 신뢰를 받을 수 있다는 점이나 반 친구들한테 어깨에 힘 좀 줄 수 있는 것이 좋기는 했다.

가끔은 싸움 잘하는 형이 간절할 때도 있었지만 말이다. 동생들도 반기문 유엔 사무총장처럼 열심히 공부하고 성실하게 생활해 훗날 은행지점장, 교사, 약사 등 자신의 꿈을 이루었다.

외교학과에 다니는데
당연히 외교관 해야지

대학에 입학해 서울에 올라와 생활하는 것이 한동안 무척 즐거웠다. 충주를 떠날 때는 초등학교 1학년 때부터 산 충주와 가족을 떠나 홀로 객지 생활을 한다고 생각하니 괜히 콧등이 시큰해졌는데, 대학 생활에 적응하고 새로운 공부를 시작하니 서울 생활은 그저 재밌기만 했다. 게다가 그렇게 사귀고 싶어하던 친구 유순택과의 관계도 장족의 발전을 했다.

서울대 합격 소식을 들었을 때 기문은 '근데 순택이는 어떻게 됐을까? 책을 좋아해서 사서가 되고 싶다고 했는데. 같이 서울에 있는 대학에 다니면 참 좋을 거야.'라고 생각하면서 괜히 혼자 얼굴을 붉혔다.

유순택이 중앙대학교 도서관학과에 입학했다는 소식을 들었을 때 기문은 하늘을 날아갈 것 같은 기분이었다. 같은 서울 하늘 아래서 공부할 수 있다는 것도 그랬지만 기문은 중앙대학교 교수인 외삼촌 댁에서 머물 예정이었기 때문이다.

'우와! 뭔가 이루어질 것 같아!'

기문의 예상대로 첫사랑이 이루어졌다. 보슬보슬 내리는 비에 촉촉하게 젖듯이 이루어진 사랑이었다. 순택이도 기문이를 보면서 참 괜찮은 친구라고 생각하고 있었다. 마음을 얻으려고 누구처럼 노래를 멋들어지게 불러주지도 않았고, 또 다른 누구처럼 멋진 그림을 그려줄 재주도 없는 사람이었지만, 노력하는 모습도 보기 좋았고 어딘지 모르게 순수한 모습도 좋았다. 결정적으로 항상 진실한 기문의 태도에 순택은 마음을 열 수밖에 없었다.

서울대 공대에 다니는 문영과도 종종 만나고, 순택과도 데이트를 즐기면서 기문은 외롭지 않는 생활을 할 수 있었다. 그런데 학과에서는 좀 달랐다. 충주에선 유명인사에 속하는 편이었는데 서울대 외교학과에 입학해서 보니 자신은 시골에서 올라온 그저 촌놈일 뿐이었다.

같이 공부할 수 있는 마음 맞는 친구가 있었으면 했다. 그러던 중 한 친구가 눈에 띄었다. 깔끔한 교복을 입었지만 왠지 어색해 보이는 몸짓을 보니 시골 촌놈 냄새가 풍겨왔다. 한눈에 자신과 같은 처지임을 알 수 있었다. 반기문이 먼저 말을 건넸다.

"나는 충주에서 온 반기문이야."

"그래? 난 김천에서 왔어. 안청시라고 한다."

촌놈 출신이어서인지 둘은 기질이 비슷했다. 함께 소주도 많이 마셨지만 도서관이 더 잘 어울리는 단짝 친구가 되었다. 대학 신입생들은 대체로 공부를 게을리하게 되는 경우가 많다. 고등학교 시절 억눌렸던 기도 펴고 이제 성인이 됐다는 기분도 내야 하니 제대로 공부할 시간이 없었다. 그래서 공부하려고 들어간 대학에서 정작 공부가 뒷전이 되는 경우가 적지 않았다. 그런데 안청시는 반기문 못지않게

서울대 외교학과 친구들과 학교에서 찍은 사진.
반기문은 외교관이 되겠다는 꿈에 대한 확신과 자신감이 넘쳤다.

학구열에 불타는 스타일이라 둘은 붙어 다니면서 대학 신입생 기분을 내기보다는 그날 들은 수업이나 새로운 책에 대한 이야기를 나누는 일에 열중했다.

하루는 안청시가 물었다.

"앞으로 넌 뭘 할 거니?"

"외교학과에 들어왔는데 당연히 외교관 해야지."

반기문은 거침없이 대답했다. 꿈에 대한 확신과 자신감이 넘쳤다.

"넌 생각이 확고하구나. 나도 처음엔 그런 생각으로 입학했는데 지금은 고민 중이야. 외교관이라는 직업에 아직은 확신이 없다. 외교관이 화려해 보이긴 하지만 사실 역마살이 낀 것처럼 세상을 돌아다니는 직업 아니냐? 이 나라 저 나라 돌아다니는 걸 즐겨야 하는데, 나는 도서관 같은 데 처박혀 책이나 보는 게 더 맞는 것 같다는 생각이 든다."

"그럼 너는 천생 학자를 해야겠구나. 흠, 너한테 정말 잘 어울리고 잘 맞겠는걸. 하여간 너도 나도 다 원하는 대로 됐으면 좋겠다."

그날의 대화처럼 십여 년이 흐른 후 반기문은 외교관이 되었고 안청시는 서울대 정치학과 교수가 되었다. 그리고 허문영은 우리나라 최고의 자동차 엔지니어가 되었다.

최고로 인기가 좋은
과외 선생님

반기문은 대학교에 들어가 좋은 친구들도 만나고 그 좋아하는 공부도 실컷 할 수 있었다. 하지만 공부만 할 수는 없었다. 학비는 물론이고 서울로 유학을 나온 처지여서 생활비가 만만하지 않았다. 기문은 계속 부모님에게 의지만 할 수 없는 상황이어서 교수님이나 선배들의 주선으로 과외를 시작했다. 당시에는 대학생 과외라고 하면 대부분 가정교사라고 부르는 입주과외였다. 입주과외라면 학교에 가는 시간 빼고는 거의 가르치는 아이에게 투자를 해야 하는 것이다. 또한 다른 사람들과 같이 생활해야 하니 불편할 것은 뻔한 일이었다. 생활비 때문에 고민을 하던 반기문은 '그래, 더 열심히 시간을 쪼개 써보자. 지금 아니면 또 언제 이렇게 열심히 해보겠어.'라며 입주과외를 시작했다.

반기문은 학부모들에게는 최고로 인기가 좋은 선생님이었다. 서울대니 학벌도 모자람이 없고, 품성도 좋고 성실하게 가르치니 아이들이 배울 것이 많았다. 신용남 공화당 의원의 집에서 아이들을 가르친 적도 있었는데 신 의원 역시 반기문을 매우 좋아해 여러 차례 혼사를 주선했을 정도였다. 어디 내놓아도 좋은 사람 소개해주었다는 소리를 들을 수 있기 때문이었다. 신 의원뿐만 아니라 반기문을 가정교사로 두었던 집 어른들이라면 그에 대한 칭찬을 아끼지 않았고 유명

사업가들은 서로 그를 데려가려고 했을 정도였다.

"아시겠지만 우리 애가 공부에도 관심이 없고 자꾸 마음을 잡지 못했는데 반 선생님을 만나 많이 좋아졌답니다."라는 말도 자주 들었는데, 이럴 때마다 반기문은 쑥스러운 기분이 들었다. 공부에 관심 없는 아이에게 약으로 쓴 것은 미국에 다녀온 이야기였다.

"창수 너, 공부하기 싫어? 공부가 재미없을 수도 있지. 하기 싫은 거 억지로 할 필요는 없어. 내가 미국 갔다 온 이야기해줄까? 너 자동차에 관심 있지? 영화 같은 데서 보면 왜 자동차에 앉아서 영화도 보고 그러잖아. 내가 미국 가서 보니까 그 사람들은 땅이 넓어서 그런지 차에 목숨을 거는 것 같아. 굉장한 일도 있었지. 케네디 대통령 알지? 내가 직접 봤다는 거 아니냐. 아휴, 대통령이랑 악수 한번 하려고 쇼를 했던 것을 생각하면 지금도 민망하네."

이렇게 이야기를 해주면 아이의 눈은 어느새 초롱초롱해졌다. 서울대생이라고 목에 힘이나 줄줄 알았는데 그렇지도 않고 공부 못한다고, 설명해도 잘 못 알아듣는다고 윽박지르거나 무시하는 것도 없었다. 덤덤하고 차분한 말투로 '공부는 잘하려고 하는 것보다 재밌게 하는 게 더 중요해.'라고 이야기하니 아이는 선생님한테 끌릴 수밖에 없었다.

"그래서 어떻게 미국에 갈 수 있었냐고? 너도 알잖아. 우리 집 형편으로는 갈 수가 없지. 그런데 비스타 프로그램 뭐 그런 게 있더라고. 영어 공부 열심히 했지. 죽자 살자 했더니만 그렇게 가고 싶은 미국 갈 수 있어서 좋았지.”

과외 선생님의 이야기를 들으면 아이는 선생님처럼 그저 열심히 공부해보고 싶은 마음이 들었다. 아직 구체적인 꿈을 품고 있지는 않았지만 선생님처럼 열심히 공부하면 언젠가 자신의 꿈도 자연스레 이루어질 것이란 믿음이 생겼다.

반기문은 동생들의 공부를 봐주던 경험이 있어 서로 생각하는 방법이 다를 수 있다는 것을 알았다. 그래서 학생이 못 알아듣는다면 방법을 바꿔 열 번이고 스무 번이고 다시 설명해주었다. 그렇게 가르친 학생의 성적이 오르면 무척 뿌듯했다. 그렇지만 그 학생이 공부할 이유를 찾은 것이 더 기분 좋은 일이었다.

그리고 반기문이 가르치던 아이들의 성적이 눈에 띄게 좋아질 수밖에 없는 이유가 있었다. 그에게 특별한 비법이 있었기 때문이었다.

특별한 공부 비법은
완벽한 필기

특별한 비법이란 바로 '반기문식 필기법'이었다. 반기문은 아이들에게 자신만의 필기법을 가르쳐 주었다.

공부라면 다들 한가락 한다는 학생들이 모인 서울대 외교학과에서도 반기문은 두드러졌다. 특히 시험 때만 되면 학생들은 반기문 주변으로 모여들었다. 완벽하게 정리된 기문의 노트를 빌리기 위해서였다. 반기문은 워낙에 중·고등학교 시절부터 필기를 잘하기로 유명했다. 이른바 '필기의 왕'이었다.

머리가 좋았지만 반기문은 머리에만 의지하지 않았다. 꼼꼼하게 필기하면서 배운 것을 자신의 것으로 정리했고, 언제든지 들춰보면서 다시 공부할 수 있게 했다.

꼼꼼한 필기는 반기문이 언제나 최선을 다한다는 점과 성실함을 보여주는 대표적인 사례다. 받아쓰기를 오래하다 보면 팔도 아프고 눈도 아프고 심지어는 어깨까지 결린다. 그리고 집중력도 떨어진다. 그러다 보면 필기가 하기 싫어서 내용을 건너뛰기 시작한다. 경험해보았겠지만 대부분 그렇게 건너뛴 곳에서 시험문제가 잘 나오곤 한다.

꼼꼼히 받아 적는 데는 반기문을 따라올 사람이 없었다. 수업보다 더 정확하게 정리해놓은 노트를 가지고 있었으니 그의 성적은 항상 상위권이었다. 체육을 제외하고는 모든 과목에서 A를 받아 서울대 우등생으로 뽑히기도 했다. 체육도 필기를 할 수 있었다면 아마 A를 받고도 남았을 것이다. 좋은 성적 때문에 KBS '수석 졸업생들과의 대화'라는 프로그램에 출연하기도 했다.

성실하게 잘 받아쓰고 정리하는 반기문을 보고 외교학과 교수들은 "자네는 외교관의 중요한 자질을 이미 갖췄네. 받아쓰고 정리하는 능력이 참 탁월해."라고 인정을 해주었다.

좋은 외교관이 되기 위해서는 받아쓰기를 잘해야 한다. 말 한마디, 단어 표현 하나에 큰 땅덩어리가 왔다갔다 할 수 있고, 사소하게 들리는 듯한 단어 하나에 국익이 좌우될 수도 있기 때문이다. 말 한 마디에 어이없는 협상을 하게 되는 것이다. 그래서 외교관은 모든 단어의 표현을 정확히 기록해야 한다. MP3 녹음기가 흔한 지금도 국제적인 회의나 협상 자리에선 받아쓰기가 기본이다. 그렇다고 국회처럼 속기사가 따로 붙는 것도 아니고, 법원처럼 서기가 붙는 것도 아니다. 외교관들 스스로 다 소화해야 한다.

뉴스를 보면 각국 정상들이나 외교 장관들이 회담을 하면 한 구석에서 누군가 열심히 받아적는 장면을 가끔 볼 수 있을 것이다. 바로 옆의 통역사보다 조금 떨어진 곳이 그날의 받아쓰기를 맡은 외교관의 자리다. 영어로는 노트 테이커(Note Taker)라 부른다.

그래서 외교부에서는 아무리 직급이 올라가도 받아쓰기가 끝나지 않는다. 정상회담이 열리면 대통령 곁에서 메모하고 기록하는 사람이 보이는데, 이들이 바로 각 나라 외교부 장관이다.

교수님들의 평가대로 외교관이 된 후 반기문이 들어간 회의라면 그 기록은 내용을 손볼 것 없이 그대로 외교부 보고서로 올라갔다. 민감한 사안의 경우 토씨 하나 안 틀리고 녹음기처럼 그대로 옮기는 뛰어난 필기력을 발휘했다. 외교부에서도 역대 최고 수준이라는 평가를 받을 정도였다. 그의 필기력은 훌륭한 외교관으로 평가받는 데 있어 하나의 중요한 요소가 되었다.

회담뿐만 아니라 평소에도 수첩과 펜을 늘 가지고 움직였다. 정보를 접하면 바로 메모하고 수시로 정리하는 것이 습관이 된 것이다. 사람의 두뇌를 대통령에 비유한다면 그의 필기력은 탁월한 보좌관 역할을 했다. 그의 필기력은 일과 관련된 내용에서만 발동이 걸리는 게 아니다. 누군가 재미있는 우스갯소리를 할 때도 발동이 걸려 모르는 척 슬쩍 받아적곤 했다.

훌륭한 외교관이 되려면 필기력이 좋아야 한다는 것을 아는 사람이 몇이나 될까? 그만큼 우리가 사소하다고 지나친 것들의 내면엔 엄청난 성공의 에너지가 존재한다. 작아 보이는 모든 것에 충실할 수 있다면 성공은 아주 가까이에 있다.

반 이병, 장군의
영어 선생님이 되다

대학 2학년을 마친 후 반기문은 군대에 갔다. 그것은 오래전부터 계획했던 일이었다. 바로 아래 동생이 대학에 입학하는 해였기 때문에 입주과외로 생활을 어느 정도 혼자 꾸려간다고 해도 한 집안에서 대학생을 둘이나 가르치는 것은 큰 부담이 되었다. 당시 많은 젊은이들이 이런 집안 사정이나 먹고살기 막막해 군대를 선택하는 경우가 많았다. 군대에 가면 식구들에게 입 하나 줄여줄 수 있었고, 자신도 밥을 꼬박꼬박 먹을 수 있었기 때문이다.

군대 시절 훈련 중 동료와 함께 사진을 찍었다.

장군의 영어 선생님으로 차출된 반기문

사실 형편이 괜찮았다면 공부를 다 마치고 군대에 갈 수도 있었겠지만 반기문은 그런 생각은 하지도 않았다. 그냥 형편에 맞춰 최선을 다하면 된다는 것이 그의 생각이었다.

군대에 가서도 '공부하는 반 이병'이었다. 다 같이 똑같은 군복을 입고 있으니 서울대생 반기문이라고 해도 눈에 띌 리가 없었다. 하지만 주머니 속의 송곳은 가만히 둬도 결국 뚫고 나오는 법이라고 했다. 반기문의 똑똑한 머리와 화려한 경력을 안 선임하사는 합참의장을 지낸 장창국 장군에게 '반기문이라는 서울대생 수재가 입대했다.'고 보고했다. 장 장군은 반기문 이병을 불렀다.

"반 이병, 자네가 영어를 그렇게 잘하나?"

장 장군은 군복이 약간 큰지 자세가 나오지 않는 반 이병이 왠지 꺼벙해 보여 괜한 장난이 걸고 싶어졌다. 그래서 목소리에 잔뜩 기합을 넣고 물었다.

"아닙니다. 계속 공부하는 중입니다."

목소리에 군기가 제대로 들기는 했지만 반기문다운 겸손한 대답이었다. 반기문은 그렇게 장난을 건 사람을 김빠지게 하는 데가 있었다.

"그래, 그러면 군대에서도 계속 공부해보게."

그렇게 기문은 장군의 영어 선생님으로 차출돼 군 복무를 하게 되었다. 지금도 힘들다는 군대지만 당시 군대는 더욱 심했다. 훈련이 고된 것은 물론이었고, 상급자의 폭력도 많았다. 반기문은 사병으로서 고생도 마다 않고 입대했는데, 영어 덕분에 상대적으로 편한 보직을 받게 되었던 것이다.

비교적 편하게 군대 생활을 하면서 반기문은 이런 생각이 들었다. '특기가 있으면 어디 가나 특혜를 받을 수 있구나. 내 특기는 영어인데 고등학교 때는 영어 때문에 머리를 기르게 해주질 않나, 고생할 각오를 단단히 하고 군대에 왔건만 영어 때문에 편한 보직을 받질 않나……. 그런데 이렇게 국방의 의무를 해도 되는 건가?'

제대를 하고 나니 외무고시 제도가 시작됐다. 1968년 복학해 3, 4학년을 다니는 동안 본격적으로 시험을 준비했다. 1기와 2기에 합격한 선배들을 찾아가 조언을 구하고, 도서관에서 밤낮으로 공부에 열중했다. 지금도 어렵지만 당시에도 단 11명만 뽑는 시험의 경쟁은 치열했다. 최선을 다해 후회 없다는 기분이 들 정도로 공부했다.

그렇게 공부한 반기문은 졸업과 동시에 1970년 외무고시 3기에 차석으로 합격을 했다. 가족은 반기문이 2등으로 외무고시에 합격했다는 소리에 "만날 1등만 하던 사람이 배 아파서 어떻게 2등을 했냐?"라고 했다. 그 시험이 얼마나 어렵고 힘든 시험인지 몰랐기 때문이기도 했지만 사실이 그랬다. 반기문은 "예, 조금 아프네요."라고 웃으며 받아넘겼지만 그 일이 자극제가 되었다. 외교부야말로 정말 치열하게 공부하고 일해야 하는 곳이라는 것을 느끼게 되었기 때문이다.

아니나 다를까, 외교부 입부 후에 받은 연수 성적에 따라 좋은 부서나 재외공관에 발령받기 때문에 성적은 매우 중요했다. 고시에 2등으로 합격해 '배가 아팠던' 반기문은 이 연수 기간 내내 모든 일에 적극적으로 최선을 다해 결국 1등으로 연수를 마쳤다.

소박하고
지고지순한 사랑

외교부에 입부를 하고 이듬해인 1971년에 반기문은 유순택과 서둘러 결혼을 했다. 유순택을 너무 오래 기다리게해 미안한 마음이 들었고, 고시 공부하는 것을 묵묵히 기다려주고 도와줘 고마운 마음도 컸던 참이었다. 제대한 후 반기문은 유순택에게 프러포즈를 해놓은 상태였다. 유순택의 부모님은 서울에서 혼자 생활하는 딸이 혼기를 놓칠까 봐 얼른 결혼하길 바랐다. 당시는 여자들이 고등학교만 졸업하면 시집을 보내는 부모들이 많았다. 하지만 반기문은 결혼할 처지가 아니었다. 고시에 통과해 외교관이 되어 가정을 꾸릴 수 있게 먼저 자리를 잡아야 했다. 유순택은 그런 반기문을 순순하게 따라주었다.

"기다릴게. 그러니까 아무 걱정 말고 열심히 해."

유순택은 부모님의 성화가 심했지만 꾹 참고 그를 기다려주었다. 도서관 사서로 일하면서 그가 공부에 전념할 수 있도록 도와주었다.

서울대 졸업식에서 연인 유순택과 함께.
유순택은 반기문의 고시 공부가 끝날 때까지 묵묵히 기다려주었다.

둘이 결혼한다고 했을 때 양쪽 집안 모두 놀랐다. 유순택의 집에선 '충주가 낳은 신동' 반기문만 알고 있었지 사윗감이 될 줄은 짐작도 못했고, 반기문의 집에서도 마찬가지였다. 유순택이 고등학교 때부터 친구들과 여러 번 집에 놀러온 적이 있어서 '참 참한 아이'라고 생각만 했지 둘이 사귀고 있다는 것은 짐작도 못했다.

그러고 보니 그런 일도 있기는 했다. 한번은 제대를 하고 3학년에 복학해 고시 공부를 하고 있던 아들이 걱정이 돼서 오래 묵은 지치를 구해왔다. 그러곤 장남을 충주로 내려오게 해 이를 달여 먹였다.

"애야, 지치가 이렇게 크면 불로초와 다름없다고 하더라. 어렵게 구한 거니까 어서 먹어라."

근데 남은 것도 다 먹어야겠는데 마냥 충주 집에 붙잡아둘 수도 없고 그럴 아이도 아니었다. 어머니는 안타까워 어쩔 줄 몰라했다.

"어쩐다냐, 이거 어렵게 구한 건데. 네가 마저 다 먹어야 하는데."

"그럼 좀 싸주세요. 제가 서울 가서 달여 먹을게요."

"아니 네가 어떻게 약을 달여?"

"다 방법이 있어요. 제가 알아서 잘 달여 먹을 테니 안심하세요."

좀 의아하기는 했다. 어떻게 달여 먹겠다는 것인지 감이 잡히질 않았지만 해달라는 대로 싸주는 수밖에 달리 방법이 없었다. 그렇게 싸가지고 온 지치를 정성껏 달여준 사람이 바로 유순택이었던 것이다. 예쁘고 직업도 좋은 유순택은 좋은 혼처가 수시로 들어왔지만 그것은 반기문도 마찬가지였다. 전도유망한 서울대 외교학과 출신에

흑석동에 단칸방을 얻어 신접살림을 시작한 반기문과 유순택.
말수가 적은 유순택은 반기문이 하자면 말없이 따랐다.

곧 외교관이 될 사람이었으니 여기저기서 사업하는 집 딸이나 정계 유력인사의 딸을 소개해주겠다면서 나서는 사람도 적지 않았다. 둘은 조용하고 지고지순하게 사랑을 했다. 성품도 비슷하고 서로 욕심도 부릴 줄 모르는 사람들이었다.

유순택이 신혼살림을 장만하면서 "뭐 필요한 거 없어요?"라고 물었다.

"이불이랑 요강."

당시에는 여자가 결혼할 때 요강은 필수 혼수였다. 실내에 화장실이 없으니 화장실 가기 어려운 밤에 써야 했기 때문이다. 두 사람은 흑석동에 15만원을 주고 단칸방을 얻어 새 이불 한 채와 요강, 옷장으로 사용할 철제 캐비닛이 전부인 신접살림을 시작했다.

말수가 적은 유순택은 그냥 반기문이 하자면 말없이 따랐다. 틀린 것을 주장할 위인도 아니었지만 그야말로 부창부수였다.

유순택 여사는 유엔 사무총장의 부인이 된 이후에도 '퍼스트 레이디'라는 말만 들으면 몸이 오그라들 정도로 낯설다고 한다. 그러면서도 그 누구보다 적극적인 퍼스트 레이디로서의 행보를 보였다.

언론에 노출되는 것을 꺼리는 유순택 여사는 한 매체와의 인터뷰에서 이렇게 말했다.

"처음 해외 출장을 따라갔을 때는 박물관이나 쇼핑센터 같은 곳을 일정에 넣어주더군요. 그런데 현지에 가면 어려운 사람들이 많이 있잖아요. 그래서 유엔에서 도와주는 여성 쉼터나 관련 기관, 병원

같은 곳을 방문하는 일정을 넣으라고 했죠. 제가 가는 게 큰 도움이 될지는 모르지만 조금이라도 그 사람들에게 격려가 될 수 있었으면 해서죠.”

유순택 여사는 유엔에서 하는 여성이나 질병 등과 관련된 행사에 패널로 참석하는 등 활발한 모습을 보이고 있다. 특히 자폐아 문제에 많은 관심을 기울이고 있다고 한다.

생활비가 싼
인도로 가다

반기문은 외교부 입부 연수를 마친 후 해외 근무지 중 인도를 지원했다.

지금도 그렇지만 반기문이 외교부에 들어간 1970년에도 미국과 관계된 일은 언제나 외교부에서 최우선으로 삼고 있었다. 북한과 극한대치를 하고 있는 상황이었고, 한창 경제발전을 하고 있던 때라서 군사적인 면에서나 경제적인 면에서도 미국의 도움이 굉장히 중요했기 때문이다. 그래서 외교부 내에서도 미주국은 일이 힘들기는 하지만 최고 인기 부서였고, 해외 근무지로서는 미국이 1순위였다.

반기문은 1등으로 연수를 마쳤기 때문에 다들 그가 미국을 지원할 것이고 당연히 미국으로 발령이 날 것이라고 생각했다. 물론 기문도 미국으로 가고 싶었다. 하지만 어려운 집안의 장남이었던 그는 물가가 비싼 미국에 가면 생활비가 많이 들어 부모님과 동생들을 돕기 힘들다는 판단을 했다.

그래서 영어권 나라 중에 생활비가 아주 싸게 드는 곳이 없을까 생각하다 인도를 선택했다. 그의 목표는 가세가 기울어 충주에서 전셋집에 살고 계신 부모님께 조그마한 집이라도 하나 사드리는 것이었다. 단지 그 마음 하나로 인도를 선택했던 것이다.

반기문이 인도로 발령이 나자 외교부가 술렁였다. 지금이야 인도가 '친디아'니 하며 중국과 함께 성장 가능성이 높은 나라로 주목받고 있지만 그때만 해도 인도는 오지에 속하는 나라였다. 그런데 외교부 입부 연수 1등이 인도에 가다니, 모두 이해하기 힘들어했다. 급기야는 외교부 감사관이 반기문을 불렀다. 뭔가 부당한 인사조치가 개입된 게 아니냐는 소리가 돌기 시작했기 때문이었다.

"자네는 최우수 성적으로 연수를 마치지 않았나. 미국으로 지원했는데 발령이 잘못 난 것은 아닌가?"

"아닙니다. 제가 지원한 것이 맞습니다. 미국은 다음에 갈 기회가 있겠지요. 지금은 제가 지원한 대로 보내주시면 감사하겠습니다."

이런저런 사정으로 미국에 가고 싶은 바람을 접고 인도로 발령지를 선택했지만 기문은 별로 속상해하지 않고 긍정적으로 받아들였다. '다음번에 기회가 있을 것이다. 최선을 다해 생활하다 보면 그런 기회가 생길 거다.'라고 생각했다.

반기문은 주변 사람들에게 '최선을 다하는 사람'으로 알려져 있다. 최선을 다하는 삶의 태도는 결핍을 통해 배운 것이다. 돼지를 키우며 학교를 다니던 시절 그는 많은 것을 배웠다. 물론 돼지 키우는 일은 그가 앞으로 평생 해야 할 중요한 일은 아니었다.

그러나 사소한 것들을 놓치지 않아야 돼지가 잘 자랄 수 있고, 돼지가 잘 자라줘야 학비와 생활비에 보탬이 되어 공부를 계속해 나갈 수 있다는 사실을 알게 된 것이다. 그래서 이 세상에 소홀히 할 일은 하나도 없다는 깨달음을 얻게 되었다. 그러한 삶의 태도는 그가 어른이 되어 차관을 하고 장관을 할 때까지도 계속되었다.

STUDY
LIKE
A FOOL,
DREAM
LIKE
A PRODIGY

열정과 노력으로 세계의 대통령이 되다

04

인품을 갖춘
실력자로
초고속 승진의
전설이 되다

평생의 멘토
노신영을 만나다

반기문은 인도로 떠나는 비행기 안에서 지금껏 그랬던 대로 '그저 성실하게 최선을 다해 외교관의 길을 가겠다.'는 생각을 품었다. 그런데 인도에서 그는 일생에서 가장 큰 멘토가 되는 인물을 만나게 된다. 당시 인도에는 우리나라 대사관 대신 총영사관이 있었는데, 바로 당시 인도 총영사였던 노신영이라는 분이었다.

노신영은 인도 총영사를 거쳐 1980년대에 18대 외교부 장관과 국무총리를 지낸 한국 정치사에서 꽤 걸출한 인물이다. '배짱 외교'라고 하여 배포와 냉철함이 겸비된 외교관으로 유명하기도 하다. 그 역시 반기문처럼 어렵게 공부해 자수성가했다. 1930년 평안남도 강서에서 태어났는데 해방 직후 지주 집안 출신이라는 이유로 토지를 몰수당하고 정치적으로 탄압을 받다가 홀로 남쪽으로 넘어왔다. 남한에서 군고구마 장사를 하는 등 안 해본 고생 없이 어렵게 공부하고 서울대학교 법학과에 수석으로 입학해서 사람들을 놀라게 했고, 고등고시에서 또다시 수석 합격해 외교부에서 주목받는 인재 중 한 명이었다.

노신영은 인도로 날아오게 된 반기문의 사연을 알게 된 후 측은한 마음이 들었다. 그도 어렵게 공부하여 여기까지 오게 된 사람이기 때문이었다.

‘연수원을 1등으로 졸업한 우수한 외교관이 근무나 생활 여건이 척박한 이곳에 오다니.’

기후나 문화도 다른 곳이라 자기 한 몸 추스르기도 힘들 텐데 아내와 딸도 함께 왔으니 딱할 수밖에 없었다.

그런데 가만히 반기문을 지켜보니 연수원 졸업 성적만 좋은 게 아니라 일에 대한 열의와 적응력이 뛰어났다. 재외공관에서의 일은 한국과의 시차 때문에 밤낮이 따로 없다. 한국과 업무를 진행해야 할 때는 밤을 꼬박 새우기도 한다. 특히 초보 외교관은 밤에도 불려나가 궂은일을 하는 경우가 허다하다. 그런데 반기문은 힘든 일이든 허드렛일이든 가리지 않고 얼굴 한 번 찌푸리는 적 없이 해냈다. ‘내가 이런 일이나 하려고 그 어려운 고시 공부한 줄 아나?’라는 태도가 없었다. 노신영은 반기문이 마음을 낮은 데 둘 줄 아는 남다른 청년이라고 생각했다. 당연히 노신영은 그런 반기문에게 일을 가르쳐주고, 함께 일하는 것이 즐거웠다. 외교관으로서 어떤 마음가짐과 어떤 태도로 일해야 하는지에 대한 기본적인 것은 물론이고 업무의 세세한 것들까지 어떻게 해야 하는지 알려주었다. 초보 외교관인 반기문은 노신영을 통해 훌륭한 외교관으로 성장하기에 필요한 크고 작은 모든 것을 스펀지가 물을 빨아들이듯 섬세하게 배우고 훈련할 수 있었다.

노신영은 외교관이 아니더라도 사람과 사람 사이의 소통을 매우 중요하게 여겼다. 그래서 늘 편지와 전화의 중요성을 강조했다.

“전화란 누군가 내 사무실 문을 두드리는 것과 마찬가지니 정성껏 받아야 한다네."

"답장을 하기 전에는 절대 편지를 책상 위에서 치우지 말게."

답장은 바로 하는 게 원칙이지만 일을 하다 보면 바로 처리하기 어려운 경우가 많다. '나중에 해야지.' 하다가 서랍 속에 넣어두고는 잊을 수도 있다. 그렇기 때문에 늘 보이는 곳에 두고 답장을 한 후에야 정리해 보관하라는 것이었다. 또 타이프를 치거나 인쇄를 해서 대량으로 보내는 편지에도 꼭 자필로 서명을 하라는 충고도 잊지 않았다. 편지는 손으로 직접 쓰는 것이 원칙인 만큼 아무리 불가피한 상황이라도 최소한 서명은 직접 해야 한다는 것이었다.

노신영은 그처럼 '기본에 충실하는 법'을 애써 가르쳤다. 누구나 알고 있지만 무시하기 쉬운 덕목들을 깨닫게 했다. 깔끔한 매너와 섬세한 관리 등 외교관으로서 갖춰야 할 덕목을 배우기에 노신영만한 역할모델이 없었다. 좋은 것이라면 얼른 배우는 반기문은 대선배 노신영의 가르침을 잘 따랐다. 노신영도 항상 반기문을 옆에 두려고 했다. 인도와 국교 수립을 하고 한국 대사관을 설립해 초대 인도 대사로 취임하게 됐을 때도, 방글라데시와 아프가니스탄 등의 나라와 외교 관계를 수립할 때도 그는 반기문을 데리고 다녔다. 그는 반기문이 있으면 든든했고, 반기문 역시 굵직굵직한 세계 외교의 현장에 함께하면서 많은 것을 배울 수 있었다.

노신영 전 총리는 반기문에게 많은 영향을 준 것으로 잘 알려져 있다. 나는 그가 반기문 유엔 사무총장의 인생에서 절대 빼놓을 수 없는 분이라 어렵게 인터뷰를 했다.

"허허, 제가 뭘요. 저는 그저 조용한 그림자일 뿐입니다. 제가 아무리 키워주려고 해도 그 사람이 열의가 없다면 불가능하지요. 반 총장 하는 것을 보니 일도 잘하고 인품도 훌륭했습니다. 그러니 어떻게 중용을 안 할 수 있었겠습니까."

'천리마는 항상 있으나 백락은 항상 있는 것이 아니다.'라는 고사가 떠올랐다. 열정에 넘치는 반기문을 노신영이 알아보지 못했다면 아마도 우리는 지금의 유엔 사무총장 반기문을 만날 수 없었으리라. 순간 두 사람의 인연이 한없이 부러웠다.

인터뷰를 마치고 돌아가는데 참고하라며 당신의 회고록을 한 권 내주었다.

"제가 많이 이야기해드리지 못해 죄송하군요. 책이 혹시 도움이 될까 해서 챙겨왔습니다."

표지를 넘기니 역시 '노신영'이라는 자필 서명이 되어 있었다. 놀라운 것은 내 이름이 한자로 또박또박 씌어 있다는 것이었다. 유명인도 아니거니와 방송기자라서 기사에 내 이름을 쓰는 일도 별로 없고, 쓴다 하더라도 요즘 같은 때 한자로 이름을 쓰지도 않는데. 그런데 어떻게 내 한자 이름을 알고 그렇게 정확히 썼는지 놀라울 따름이었다. 노신영 전 총리가 인터뷰 때 보여준 상대방에 대한 배려, 깊이를 짐작할 수 없는 인간에 대한 예의에서 다시금 반기문의 모습을 볼 수 있었다.

누구나 함께
일하고 싶은 사람

반기문은 성실하고 근면하게 일을 열심히 하기도 했지만 솔선수범했다. 시키기 전에 알아서 일을 찾아서 했고, 윗사람이 원하는 것을 미리 파악해 뚝딱뚝딱 처리했다. 사람이 반듯하기도 하고 동료는 물론이고 선후배들과도 조화롭게 잘 어울렸다. 게다가 선배들의 장점을 빨리 배워 익혔다. 윗사람이나 선배들은 그와 함께 일하고 싶어 했다. 직급이 올라갈수록 자신의 능력도 중요하지만 참모나 직원을 잘 둬야 하기 때문이다.

이범석 외교통상부 장관(19대, 1982~1983년)도 반기문을 자기 곁에 두려고 했다. 그러려면 서기관인 그를 부이사관으로 승진시켜야 했다. 그러자 국장급 직원들 사이에서 반대가 일었다. "그 위로 선배들도 많고 부이사관이 되기에는 너무 어리다." "조직의 위계가 있는데 이번에는 그냥 두는게 좋겠다."는 의견이었다.

"틀린 말은 아니네만, 그럼 반기문만큼 해낼 수 있는 인물을 데려와 보게."

이범석 장관의 말에 다들 반기문의 승진을 더 반대할 수가 없었다. 그래서 동기들 중 가장 빨리 승진하게 되었다.

반기문을 특히 아꼈던 노신영은 1985년, 18대 국무총리로 취임했을 때 반기문에게 자신의 의전비서관으로 오라고 했다. 의전비서관은 국무총리의 일정이나 접견 등을 준비하고 총괄하는 2급 이사관급 자리로, 반기문이 앉기에는 직급이 높은 자리였다. 반기문은 선배들도 있는데 자신이 그들보다 더 빨리 진급하는 것이 너무 부담스럽다며 극구 사양했다. 노신영도 그게 어떤 심정인지 잘 알고 있었다. 자신도 늘 동기들보다 진급이 빨랐고 이 때문에 주변의 질시가 많았다. 하지만 일이 우선이고 반기문만큼 믿을 만한 사람이 당장 없었다. 결국 그를 3급 부이사관에서 2급 이사관으로 승진시켰다.

외무고시 3기 동기들은 물론이고 1기, 2기 선배들도 모두 제친 승진이었기 때문에 반기문은 마음이 무거웠다. 하지만 발령은 났고, 일은 해야 했다. 얼른 이런 죄송한 마음을 덜어내고 일에 매진해야 했다. 그는 꼬박 일주일을 걸려 선배와 동료 외교관 100여 명에게 일일이 편지를 썼다. '선배들보다 먼저 승진하게 되어 미안하고 송구하다.'라는 내용이었다. 평소 그의 인격을 아는 선배들은 그의 편지가 단지 정치적인 쇼맨십이 아닌 진심이 담긴 것이란 걸 알았다.

"운 좋다! 그래도 너 열심히 하는 거 우리가 더 잘 알지. 잘 해봐."

못내 자존심이 상했던 선배들도 진심이 절절히 담긴 그의 편지를 받고 오히려 그의 빠른 성장을 격려해주었다.

이상옥 외교부 장관(23대, 1990년~1993년)도 반기문을 주미 공사로 부임시킨 뒤 일주일 만에 1급으로 승진시켰다. 오죽하면 공로명 외교부 장관(25대, 1994년~1996년)은 그에게 "자네는 승진이 너무 빠르니 이제부터는 천천히 시키겠네."라고 말했을 정도였다. 그런데도 반기문은 1996

년 1월에 외교부 제1차관보, 2월에 차관급인 대통령 의전수석비서관으로 승진됐고, 그해 11월 유종하 장관(26대, 1996년~1998년) 시기에는 차관급인 대통령 외교안보수석비서관으로 임명됐다. 1년 동안 3차례나 승진한 것이었다.

1998년 오스트리아 대사를 하고 있을 때 외교부 차관을 맡아달라는 연락이 왔다. 남들 같으면 제발 좀 시켜달라고 떼라도 쓸 요직이었다.

"저는 1996년에 청와대에서 대통령 외교안보수석도 했습니다. 차관급 직책을 여러 번 했으니 이번에는 다른 사람에게 기회를 주시는 게 좋겠습니다."

반기문은 굳이 사양했지만 며칠 뒤에 다시 연락이 왔다. "반 대사님이 가장 적격자라는 결정이 났습니다. 나라를 위해 한 번 더 수고해주셔야겠습니다."

2000년 1월 이정빈 외교부 장관(29대, 2000년~2001년)이 임명되었을 때 소감을 묻자 "내가 반기문과 함께 외교통상부를 이끌게 되다니"라며 장관이 된 것보다는 차관으로 함께 임명된 반기문과 일하게 된 것을 더 기뻐하는 기색을 보였을 정도였다.

승진에 승진을 거듭하니 당연히 시기하는 사람들이 없지는 않았다. "또 반기문이야? 그래, 일을 얼마나 잘하는지 보자고."라고 했지만 일을 함께 해보거나 시켜본 사람이라면 그의 승진에 '당연지사'라며 오히려 박수를 쳐주는 처지로 변했다.

한번은 노신영 전 총리와 경쟁 관계에 있던 사람이 외교부 장관으로 취임했다. 그는 반기문을 '노신영 사람'이라며 벼르고 있었다. 반기문이 노신영 때문에 많은 기회를 얻었다고 생각했고, 노신영이 어딜 가나 반기문 칭찬을 했기 때문에 그렇게 여긴 것이었다. 그런데 일을 시켜보니 도무지 미워할 수가 없었다. 성실하고 겸손한 그의 자세에 감동을 받았던 것이다. 그는 오히려 "반기문은 '노신영 사람'인 줄 알았는데, 그게 아니라 '대한민국 외교부 사람'이야."라며 노신영과 똑같은 칭찬을 했다.

그가 외교부 초고속 승진의 전설이 될 정도로 승승장구했는데도 시기나 질투보다는 응원과 격려를 받을 수 있었던 이유는 그의 능력보다는 인품 때문이었다. 일이나 능력에서라면 반기문보다 더 잘하는 사람도 적지 않았다. 그러나 그는 일을 잘한다고, 승진이 빠르다고 유세를 떨거나 하지 않았다. 자신을 낮출 줄 알았고 상대에 대한 배려가 몸에 배어 있었다. 그러니 윗사람들은 윗사람대로, 아랫사람들은 아랫사람대로 그와 함께 일하려고 했다.

외무고시 3기 출신으로 1970년에 외교부에 입부했는데도 그는 '3기'가 아니라 '특기'로 불렸다. 특기란 '특별한 기수가 없다'는 뜻이다. 같은 기수끼리 지원해주고 응원해주게 마련인데, 반기문의 경우 모든 기수에서 다들 자기네 사람이라고 여겼다. 이처럼 반기문은 상하좌우로 모든 사람들을 조화롭게 이끌 줄 아는 사람이었다.

외교부에서 '특기'로 알려져 있듯 반 총장의 종교도 그렇다. 불교,

기독교, 천주교 할 것 없이 다 자기네 신자라 믿는다. 조계종 총무원장인 자승 스님 역시 마찬가지다. 자승 스님은 뉴욕 유엔본부에서 만난 반 총장과의 일화를 소개했다.

반 총장은 외교부에 들어가 첫 월급을 받은 날 조계사로 찾아갔다고 한다. 그때만 해도 직접 월급봉투를 받았는데 첫 월급을 받았으니 부처님께 감사를 표하기 위해 조계사 대웅전에 갔다는 것이다. 속주머니 봉투 속에서 천 원짜리를 꺼낸다는 것이 5천 원짜리가 나와서 도로 집어넣지도 못하고 어쩔 수 없이 그대로 보시했다고 한다. 당시 첫 월급이 2만 원이었으니 월급의 4분의 1에 해당하는 액수였던 것이다.

반 총장이 그때 이야기를 하자 자승 스님은 때마침 동석했던 조계사 주지 토진 스님에게 "지금이라도 4천 원은 돌려드려라."라고 농담을 했다. 이에 토진 스님이 "그 4천 원을 아끼지 않아서 4천만이 응원해 이렇게 유엔 사무총장까지 된 것 아닙니까."라고 했다고 한다.

종교의 민감성 때문에 자칫 일을 그르칠 수도 있다는 것 때문일까? 반 총장은 종교를 밝히지 않는다. 기자들이 여러 차례 물어봤지만 빙그레 웃을 뿐 답을 하지 않는다. 모든 인종과 모든 종교의 문제를 다루는 유엔 사무총장에게는 특히 필요한 자세가 아닌가 싶기도 하다.

성격이 제각각인 사람들을 한데로 어울리게 할 수 있는 그의 능력은 어려운 집안의 장남으로 커오면서 배운 것이었다.

초등학교 때 방학이면 시골의 할아버지 댁에 놀러 가곤 했다. 할

아버지는 음성에서 한약방을 하셨다. 어떤 장난을 쳐도 항상 '허허, 고 녀석 참.' 하시며 인자하신 할아버지와는 달리 할머니는 매우 엄하셨다. 특히 예의를 중시했다. 손자들이 잘못을 하면 바로 매를 들어 다스렸다. 밥상에서 어른보다 숟가락을 먼저 들어도, 밥을 깨끗이 먹지 않고 남겨도 불호령이 떨어졌다. 특히 할머니는 기문을 봐주시는 법이 없었다. 다들 귀여워만 하는 어린 시절에도 할머니는 기문에게 당부를 하셨다.

"기문아, 너는 장남이다. 누구에게 의지할 것 없이 스스로 모든 것을 책임져야 한다. 형제들에게는 모범이 돼야 한다. 동생들은 장남을 지켜보면서 자라는 법이니 네가 잘해야 한다."

할아버지 댁에는 다른 친척 동생들도 모였다. 아이들이다보니 먹을 거나 노는 문제로 다툴 일이 많았다. 하지만 반기문은 휘말리지 않았다. 집안의 큰형으로 싸움을 중재하고 차분한 말로 설득해 형제들을 다스렸다.

능력보다 더 값진
선한 성품

반기문이 지닌 잘 다듬어진 성품은 그의 능력보다 더 값진 것이다. 그가 유엔 사무총장에 당선되었을 때도 주변에서 정말 많은 사람들이 진심으로 기뻐하고 축하해주었다. 보통 어떤 사람이 잘되면 가장 가까운 곳에서부터 시기와 질투가 있게 마련이다. 그러나 반기문은 다른 인물에 비해 주변의 시기와 질투가 거의 없는 편이다. 그 비결이 궁금했다. 내가 이 책을 쓰기로 작정한 가장 큰 이유도 이와 관련이 있다.

우리는 자라면서 '착하게 살라'는 말을 귀에 딱지가 앉도록 듣는다. 그러나 세상을 둘러보면 착한 사람보다는 착하지 않은 사람, 심지어는 못된 사람들이 더 많은 것을 누리며 사는 경우를 보게 된다. 솔직히 말하면 성공한 사람 중에는 착하지 않은 사람이 더 많다. 특히 기자라는 직업은 그런 속 뒤집어지는 사례를 하루에도 몇 번씩 봐야 하는 경우가 많다.

세상 사람을 세 가지 종류로 분류해보자. 착한 사람, 착하지 않은 사람, 못된 사람. 그중 반기문 총장은 어떤 식으로 설문지를 돌려도 착한 사람에 들어간다. 그래서 그의 이야기를 책으로 써보고 싶었다.

그의 선한 성품에는 아버지 반명환 씨의 영향이 컸다. 처음 충주로 취재를 갔을 때 주변 사람들을 만나 그의 아버지에 대해 물으면 "에이, 물어 뭐해? 그 양반 너그러운 건 행치마을 사람이라면 다 알지."라는 대답을 들을 수 있었다.

반기문 총장이 고등학교 때였다. 어느 날 한 한센병 환자가 집에 찾아왔다.

"여기가 반명환 씨 댁이죠? 나는 고등학교 친구인데."

집안이 발칵 뒤집어졌다. 한센병은 가족에게까지도 버림받는 무서운 병이었다. 어머니는 행여 병이라도 옮을까 황급히 아이들을 방으로 몰아넣었다. 그리곤 남편에게 달려갔다.

"여보, 돈푼이나 쥐어 줘서 빨리 보냅시다."

"허허, 멀리서 찾아온 친구를 어떻게 그냥 보내. 어서 밥상이나 차려오구려."

어머니는 맘 같아서는 당장 쫓아내고 싶었지만 평소 아버지의 성정을 잘 아는지라 일단 따를 수밖에 없었다.

아버지가 친구를 사랑방으로 데리고 갔다.

"그래, 고생이 많겠구먼. 어떤가?"

그냥 갈 데가 없어 오긴 왔지만 기대 밖의 환대에 친구는 목이 메었다.

"문둥병이라는 게 참 몹쓸 병이야. 식구들도 나를 피하네. 부모 자식도 다 소용없어. 하늘이 내린 형벌이라더니 그 말이 맞네. 어쩔 수 있나. 어디 가서 죽어버리든지 해야지."

친구의 숟가락 위로 눈물이 떨어졌다.

아버지도 처음엔 그저 밥 한 끼 먹인 후에 여비나 잘 챙겨 보내려 했는데 이야기를 듣고보니 난감했다. 딱하기 짝이 없는 친구를 그냥 내보낼 수가 없었다.

"힘내게. 그리고 갈 데가 없으면 우선 내 집에서 머물게. 친구 좋다는 게 뭔가."

아버지와 어머니가 사람들에게 마음을 쓰는 것을
보고 자란 반기문에게 선량한 마음이 생기는 것은
어찌 보면 당연한 일이다.

친구는 고맙다며 더 크게 울기 시작했다.

밖에서 이 이야기를 들은 어머니는 화들짝 놀랐다.

"아니 당신 지금 뭐하는 거예요? 저 사람 보아하니 양성환자 같던데 우리 애들한테 옮기기라도 하면 어쩌려고 그래요? 당장 나가라고 해요!"

상황도 그렇고 어머니가 언성을 높이니 곁에 있던 아이들도 겁을 먹었다.

"엄마, 저 아저씨 무섭게 생겼어."

막내 동생은 당장이라도 울음을 터뜨릴 것 같은 얼굴이었다. 하지만 손님이 싫어할까 봐 눈물을 꾹 참았다.

"집에서도 쫓겨났다는데 어떻게 해. 그냥 내칠 순 없잖아. 당분간만 좀 머물게 하자고."

"안 돼요. 우리 식구 다 문둥병 걸리는 꼴 보려고 그래요? 절대 안 돼요!"

"허어, 이 사람 보게나. 자네가 믿는 불교에서 뭐라고 하나. 자비를 베풀라고 하지 않나? 배우고 실천도 못할 것 뭐하러 믿나?"

독실한 불교 신자인 어머니는 더 할 말을 잃고 말았다.

아버지는 반기문 형제가 쓰던 사랑방을 그 친구에게 내주었다. 어머니는 끼니때면 사랑방에 밥상을 갖다 놨다. 아버지의 친구는 아무도 없을 때 상을 들여가서 먹고는 살며시 문밖으로 내놨다. 어머니는 행여 식구들에게 병이 옮을까 그 방에 들어갔다 나온 밥그릇과 수 저를 펄펄 끓는 물에 넣고 소독을 했다. 물론 아이들은 근처에 얼씬도 할 수 없었다. 그러기를 6개월, 아버지 친구는 그동안 신세 많이 졌다며 소록도로 떠났다. 어머니는 내심 반기면서도 멀어져가는 그 사람의 뒷모습을 보면서 측은한 마음에 눈물을 흘렸다.

반기문은 그렇게 아버지와 어머니가 사람들에게 마음을 쓰는 것을 보고 자랐으니 선량한 마음이 생길 수밖에 없었으리라. 어머니의 교육도 한몫했다. 신심이 깊은 어머니는 귀에 못이 박히도록 반기문 형제들에게 "선하게 살아라, 사람들과 웬만해선 다투지 말고 덕을 베풀고 살아라."라고 하셨다. 90대인 그의 어머니는 지금도 매일 새벽 3시에 일어나 기도를 하는 철저한 수행생활을 실천하고 있다.

외유내강이 아니라
외유내강강(外柔內剛剛)

열심히 일하는 반기문을 선배나 상사들도 아끼고 신임했지만 후배 직원들도 존경했다. 나이가 많건 적건, 그 사람이 권력이 있건 없건 간에 진심으로 상대를 배려하는 게 몸에 밴 사람이니 후배들의 존경을 받을 수밖에 없었다. 아무리 한참 어린 직원이라도 면담 후에는 직접 친절하게 문을 열어 배웅을 해줄 정도로 사람에 대한 배려가 큰 사람이었다. 언제나 미소 띤 얼굴로 누구에게나 예의 있게 대했고 일

처리도 깔끔하고 외교관으로서의 일이라면 무엇이든 열정적이니 후배들로선 배울 것이 많은 산 같은 사람이었다. 외교부에선 "반(潘)의 반(半)만 해라."라는 말이 있었다. 반기문의 반만 해도 잘한다는 평가를 받을 것이라는 뜻이었다.

사소한 서류 하나라도 꼼꼼히 챙기는 업무처리 방식 때문에 '주사'라는 별명이 붙기도 했다. 최고위직으로 올라가서도 그런 모습은 바뀌질 않았다. 중요한 회담이나 협상도 많고 고유 업무에 행사 참석까지 일이 많아졌는데도 말단 직원처럼 자질구레한 일까지 손수 챙겼다. 어려서부터 공부 외에 집안일까지 도와가며 살아야 했던 삶에서 받은 영향이었다. 그때 그는 아무리 작은 일이라도 세상에 무시할 일은 하나도 없다는 사실을 깨달았다.

온화한 성격에 친화력도 좋은 반기문이지만 무조건 그런 것만은 아니었다. 일과 자기 관리에는 철저하다 못해 가혹하기까지 해 '외유내강강'이라는 별칭이 붙었다. '겉은 부드럽고 속은 강하다'는 외유내강(外柔內剛)에 단단할 강(剛)이 하나 더 붙은 것이다. 외교 업무라는 것이 대한민국의 국익과 안전, 국민 보호에 관련된 일이니만큼 사람 좋은 그의 성품대로만 할 수는 없었다.

직원의 보고가 마음에 들지 않거나 부족할 때도 있었지만 그렇다고 깐깐하게 따지는 것만이 능사는 아니란 것을 잘 알고 있었다. 그는 "특별히 틀린 것이 없으면 빨리 판단해서 받아들이는 사람이 좋은 상관이다."라는 말을 자주 했다. 리더에게는 결단력이라는 것이 매우 중요하다. 중요한 일이라고 고심하는 데 시간을 질질 끌면서 결정을 미루면 일이 진행되지 않는다. 아무리 좋은 의도의 일이라도 실천하지 않으면 아무 소용이 없는 것이다. 반기문은 그것을 잘 알고 있었다. 그래서 직원들이 보고나 제안을 하면 바로 그 자리에서 대답을 해주었다.

그가 대답을 하는 데는 원칙이 있었다. 먼저 잘한 부분을 칭찬해주는 것이다. 그는 격려가 동기부여를 하는 데 얼마나 큰 힘이 되는지를 잘 알고 있었다. 그리고 칭찬과 격려 후에 "만약 그게 안 통할 경우에는 어떻게 할 거죠?"라는 질문을 했다. 때문에 그에게 보고할 때는 반드시 대안을 준비해야 했다.

일이란 것은 언제나 변수가 생기기 마련이다. '만약'이라는 변수에 대해 만반의 준비를 하지 않으면 몇 년 동안 노력해온 것이 한꺼번에 물거품이 될 수도 있다. 게다가 외교는 상대방과의 관계에 관한 일이다. 상대방이 어떻게 나올 것인지 100가지 이상 예측을 해도 부족할 수 있으니 그는 항상 직원들에게 대안부터 마련해놓으라는 지시를 했다.

그러나 잘못된 부분이 있어도 소리를 지르거나 혼을 내는 법은 없었다. 차분하게 무엇이 어떻게 잘못됐으며 어떻게 해결되어야 하는지 말해주었다. 그러면 되레 직원이 알아서 반성하고 고쳐나갔다. 평소 그가 어떻게 일하고 생활하는지 잘 알고 있었기에 그와 같이 일하는 직원들은 그를 따라 피곤할 정도로 열심히 일했다. 행동

으로 보여주고 따뜻한 마음으로 포용하며 이끌어 가는 것, 이것이
그의 리더십이다.

자기 원칙에 철저한
강직한 삶

반기문에게서 본받을 점의 하나는 공직자로서 양심을 지키며 도
덕적인 삶을 사는 데 강직했다는 것이다. 우리는 고위 공직자들이 비
리나 특혜 등으로 구설수에 오르는 것을 너무 흔하게 본다. 국민의 한
사람으로서 무척 화가 나는 일이다.

취재하면서 보니 반기문은 청백리로 유명한 황희 정승이 환생한
것이 아닐까 하는 생각이 들 정도였다. 그는 타고나길 욕심이 없고
검소한 사람이었지만 근본을 떠나 자기 원칙을 철저하게 지켰다. 상
당수의 고위 공직자가 수십억 원을 호가하는 강남의 고급 아파트에
살고 있고, 여러 가지 고급 정보를 동원해 재산을 척척 불리고 있었지
만 반기문은 30여 년 동안 전셋집을 전전했다. 차관 시절에도 흑석동
산동네에서 전세를 살았을 정도였다. 자식들이 크고 어머니도 모셔
야 해서 평수를 늘려 이사를 해야 했는데, 가지고 있는 돈으로는 집을
사기에 부족했다. 이사를 할 때 길이 좁아 이삿짐 차도 겨우 들어갔
다. 겨울에는 더욱 문제가 많았다. 눈이라도 내리면 차가 올라갈 수

없었기 때문에 겨울 등산 장비인 아이젠을 차고 한참을 내려와야 차를 탈 수 있었다. 그러다 2000년에야 사당동에 아파트 한 채를 분양받고는 "드디어 내 아파트가 생겼구나."라며 아이처럼 좋아했다.

형제들은 반기문이 외교관이 되어 외국을 자주 드나드는데도 볼펜 한 자루도 사다주는 법이 없자 처음에는 좀 너무하다는 생각을 했다.

"오빠, 에펠탑이나 센강 그림이 있는 엽서라도 한 장 사다주면 어디 덧나우?"

"하하, 녀석. 내가 용돈 줄 테니 서점에 가서 사라."

결코 인색해서 그랬던 것은 아니었다. 무조건 아끼는 수전노 성격도 아닌데 그가 그러는 데는 다 이유가 있었다. 외화 벌이가 국가적 목표였던 시기였고 단돈 1달러도 아쉬운 상황에 외국에 나가서 달러를 사용해 국내에도 있는 물건을 사오는 것은 공무원으로서 해서는 안 될 일이라고 생각했기 때문이다.

1970년대에는 외국에 나갈 수 있는 사람이 참 드물었다. 그래서 외국 나갔다가 흑백텔레비전 한 대만 사가지고 들어와 팔면 그 돈으로 작은 집도 한 채 살 수 있는 시절이었다. 우리나라에 텔레비전 만드는 기술이 제대로 없을 적의 이야기니 참 옛날 이야기이긴 하다. 일종의 밀수지만 먹고살기 어려운 시절이니 누구나 외국에 나갈 일이 생기면 그런 기회부터 잡으려 했다.

반기문의 가족도 좋은 외제 물건을 보면 하나쯤은 가지고 싶을 법도 한데 그의 가족 역시 남편이나 아버지의 뜻을 따랐다. 그러니 동네 사람들이나 친지들이 집에 놀러오면 놀라서 묻곤 했다.

"아니, 뻔질나게 외국에 드나드는 사람 집에 어찌 외제 물건이 하나도 없어요?"

"외제 물건 좋은 건 알지만 애 아빠가 외제 물건을 못 쓰게 해서 가지고 온 적이 없어요."

하도 사는 것이 검소한데다 태도도 겸손하니까 동네 사람들은 반기문 가족이 외교관은커녕 고위 공직자인 줄 짐작조차 못했다. 반기문은 새벽같이 나가 밤늦게야 돌아왔고, 부인 유순택은 조용조용한 성품 탓에 그저 평범한 주부이겠거니 정도로만 생각하고 있었다.

한번은 이런 일이 있었다. 1997년 그가 대통령 외교안보 수석비서관을 지낼 때였다. 어느 날부터 그가 사는 아파트 입구에 경찰이 지키고 서 있었다. 김정일의 처조카 이한영이 남한에 넘어와 살고 있었는데, 북한 공작원한테 피살된 사건이 있었던 직후였다. 동네 사람들이 도대체 무슨 일인가 싶어 알아보니 '이 아파트에 외교안보 관련 중요 인사가 살고 있어서 경호 중'이라는 것이었다. 한 동네에 외교안보 중요 인사가 살고 있는 줄 아무도 모르고 있었다.

반기문의 자녀들도 마찬가지였다. 한창 브랜드를 따지고 비싼 옷을 입고 싶어 할 때인데도 그런 것에 도무지 관심을 보이지 않았다. 오죽하면 반기문의 형제들이 허름할 정도로 검소하게 하고 다니는 조카들에게 옷을 사다줄 정도였다.

고위직에 있다 보니 명절이면 선물이 많이 들어왔다. 그러면 막내딸이 앞장서서 선물을 풀어보곤 단순한 명절 인사 차원을 넘어서는 물건이라도 나오면 가만히 있지를 못했다. 집안의 감사관이었다.

"아빠, 이거 이상해요. 당장 돌려주셔야겠는데요."

"애야, 이건 아빠의 오랜 친구가 보낸 거란다. 그냥 받자꾸나."

"그런 게 어딨어. 이런 거 받으면 오해 산단 말이야. 아빠는 그런 것도 몰라요?"

그런 막내딸의 생각이 반기문은 기특하기만 했다. 외교관 아버지를 따라 이 나라 저 나라 옮겨다니는 바람에 친구도 제대로 사귀지 못하고 매번 새로운 학교에 적응하느라 고생하는 모습을 보면 안쓰럽기가 짝이 없었는데 고맙게도 반듯하게 잘 자라주었다.

반기문 총장의 막내딸은 유니세프(국제연합아동기금 United Nations Children's Fund)에서 일하고 있다. 아버지가 현재 근무하고 있는 유엔 본부가 있는 뉴욕이나 유럽 등 여건 좋은 곳에서 일할 기회도 잡을 수 있었지만 모두 다 마다했다.

장관 아버지를 둔 집안 배경 때문에 좋은 데서 일한다는 오해를 받고 싶지 않았기 때문이다. 그래서 굳이 아프리카 근무를 자원했다. 아프리카에 근무하면 왠지 낭만적으로 보일 수 있겠지만 아프리카는 불안한 치안과 말라리아 같은 질병 때문에 건장한 남자들도 꺼리는 곳이다.

집안이 발칵 뒤집어졌다. 아버지는 자신도 불편하고 험한 곳에서 많이 근무해보았고 말라리아도 걸린 적이 있었던, 시쳇말로 산전수전 다 겪은 상태였지만, 딸을 바라보는 마음은 달랐다. 자기야 이런 저런 어려운 일 다 감수할 수 있었지만, 제발 딸은 자기처럼 힘들지 않았으면 하는 마음이 먼저 들었다. 그게 부모 마음이다. 애써 말려 보았지만 역부족이었다.

"아빠 마음은 잘 알지만, 아빠도 해내셨는데 저라고 못 해내겠어요?"

아버지로서 할 말이 없었다. 아내는 울며불며 막내딸의 마음을 돌리려 애썼지만 딸은 끝내 짐을 싸 첫 근무지인 수단으로 향했다. 이후 근무 여건이 좋은 곳으로 옮길 기회도 있었지만 또 다른 아프리카 국가인 케냐로 전근을 갔다. 아버지로부터 원칙주의 DNA를 물려받은 모양이다.

윤리와 양심에 따른
철저한 자기 관리

오스트리아 대사로 부임했을 때는 공관에 전화 한 대를 더 설치했다. 개인적인 통화를 할 때 쓰는 전화 요금을 개인 돈으로 내기 위해서였다. 외국에 나와 있다보니 개인적인 용도로 국제전화를 쓰기도 하지만 어차피 나라 업무를 위해 해외에 나와 있는 것 아닌가. 또 반기문의 성격상 개인 용무로 전화를 많이 쓸 사람도 아니다. 하지만 그는 생각이 달랐다. 재외공관이란 세금으로 운영되는 것인만큼 대사관 운영 비용에서 한 푼이라도 사적으로 사용해선 안 된다는 것이었다. 어지간한 사람들은 생각도 못할 그런 부분까지 엄격히 따져가며 공직자의 윤리와 양심에 거스르는 일은 하지 않았다.

고위직 공무원들이 자주 구설수에 오르는 일은 바로 자식 결혼이다. 인사 문제에 관심이 많은 부하 공무원들이나 업무와 관련된 업체로서는 로비를 하기에 더할 나위 없이 좋은 기회다. 이때 들어온 억대 축의금을 모두 챙겨 언론의 질타를 받는 사람들이 종종 뉴스에 나오곤 한다. 하지만 반기문의 경우는 정반대다. 그의 사례를 취재하면서 나는 그가 고위직 공무원으로서의 자세가 정말 반듯한 사람이라는 생각을 했다. 역시 큰 자리를 맡기에 손색이 없는 사람이었다.

자식들의 결혼식을 언제나 비밀작전을 수행하듯이 치렀다. 일단 알게 되면 시끄러워질 수밖에 없으니 무조건 모르게 하는 게 최선이라는 것이다. 주변에서는 결혼식이 끝나고 난 후에야 비로소 알게 되었다.

첫딸이 결혼할 때였다. 외교부 장관 시절 반기문은 비서관 외에는 아무도 모르게 홀로 결혼식장을 찾았다. 신랑측에는 화환도 하객들도 많았다. 하지만 신부측은 가족 외에는 사람 구경을 하기가 어려웠다. 물론 축의금도 받지 않았다. 사람들은 '아니, 신부가 장관 딸이라던데 맞긴 맞는 거예요?'라며 수군거리기까지 했다. 뒤늦게 청와대에서 알고는 결혼식 30분 전에 급하게 축하 화환을 보내왔다.

사람들은 그제야 고개를 끄덕였다. 그는 딸의 결혼식이 끝난 후 피로연에도 제대로 참석하지 못한 채 바쁘게 자리를 떴다. 근처에서 정보혁신포럼 개막식이 있었기 때문이다. 가족은 그가 원래 그렇듯 강직한 공직자라는 사실을 잘 알면서도 한편으로는 남들처럼 적당히 하지 못하는 성격에 답답하고 서운한 마음이었다. 장관 딸 결혼식이 뒤늦게 알려지면서 외교부를 출입하는 국정원 직원은 상부로부터 질타를 당했다. 다른 사람도 아니고 장관의 동향도 제대로 파악하지 못했으니 근무태만이라는 것이다. 국정원에서도 모를 만큼 조용조용 딸 결혼식을 진행시켰다는 얘기다.

2006년 8월 막내딸 결혼식 때는 더했다. 유니세프에서 일하는 막내딸은 케냐에서 식을 올렸다. 반기문은 비서관 한 명에게만 이 사실을 알렸다. '아니 왜 갑자기 케냐 출장이시지?'라며 궁금해하는 직원들에게는 그저 오랜만에 휴가를 다녀온다는 핑계를 댔다. 직원들은 휴가를 잘 안 쓰는 분이 웬일인가 싶었지만 그래도 설마 딸 결혼을 시키러 그렇게 조용히 출국하는 줄은 아무도 예상하지 못했다. 그는 느닷없이 장관의 휴가에 의아해하는 두 명의 차관에게 출국 직전에야 딸의 결혼 사실을 알렸다. 그러고는 부랴부랴 공항으로 향했다. 그와 아내 그리고 가족 몇 명만 금요일 밤 비행기를 탔다. 일체의 수행원도 없었다. 비행기는 중간에 두바이를 경유했다. 장관이

온다는 소식을 들은 현지 대사관에서 영접을 나왔지만 이유는 전혀 알 수가 없었다.

"장관님, 케냐에는 무슨 일로 가시는지요?"

"내 딸이 거기서 근무하잖아요. 그저 휴가 겸해서 딸아이 보러가는 것이니 신경 쓰지 마세요. 그나저나 타향에서 고생이 심하죠? 그래도 나라를 위한 일이니 열심히 하세요."

케냐에 도착한 것은 토요일. 결혼식은 무사히 치렀다. 다음날인 일요일에는 여느 평범한 가족처럼 함께 식사도 하고 모처럼 여유로운 시간을 보냈다. 그러나 호텔비 등 일체의 경비는 개인의 돈으로 지출했다. 하지만 모처럼 온 케냐인데 그냥 돌아갈 수 없었다. 예의 그 강직한 공직자 마인드가 발동하기 시작했다. 월요일부터는 대사관 직원들을 불러 공식 업무에 돌입했다. 케냐 외교부 장관과 회담을 한 것이다. 사적인 일로 갔지만 끝내 공적인 업무로 일정을 마무리하고 돌아오게 되었다. 개인적인 휴가로 쓴 것은 딱 이틀이었다.

그런 모습에 가족은 고개를 절레절레 흔들었고 주변 사람들도 마찬가지였다. 그가 이렇게 007 특급작전을 편 덕택에 이번에도 또 주위 사람들은 뒤늦게 딸의 결혼을 알게 되었다. 모두들 그에게 정말 '강적'이라고 했다.

마지막으로 반 총장의 아들도 2009년 뉴욕 맨해튼의 한 성당에서 조용히 식을 치렀다. 세 번째 비밀 결혼식이다 보니 주변에서는 당연히 그렇겠거니 하며 모두 고개를 끄덕였다.

유엔 사무총장에 당선된 이후 축하를 해주는 사람이 정말 많았다. 국가적인 경사인데, 주변 사람들로선 얼마나 기뻤겠는가? 그러다 보니 많은 사람에게 그야말로 한턱 '쏴야' 할 일이 많았다. 정부 관계자들, 외교부 직원, 출입기자 등에게 식사대접을 해야 했다.

식사대접은 주로 외교부 장관 공관에서 했다. 그게 가장 비용이 적게 들기 때문이었다. 호텔이나 화려하고 근사한 장소를 빌려서 할 수도 있었지만 그 모든 것이 장관 판공비에서 사용되는 것이고, 장관 판공비는 국민의 세금에서 나오는 것이기에 공직자 입장에선 조금이라도 아껴야 했다. 그리고 축하연에서도 공과 사는 엄격히 구분했다. 가족, 친지들과의 축하연 자리였다. 먼 친척까지 100여 명이 모여들었다. 이 축하연의 비용은 장관 판공비를 사용하지 말고 개인비용으로 처리하라고 지시했다. 그 얘기를 전해 들은 친지들은 역시 다르다면서 돈을 걷어주고 싶어했지만, 그는 이 정도는 자신이 '쏠' 수 있다며 마다했다. 마찬가지로 학교 동창 등 개인적인 인연으로 만들어진 축하연은 모두 개인비용으로 지불했다.

이렇듯 철저한 자기 원칙이 그의 중심을 단단히 묶어주었고 오랜 시간 부정이나 부패에 흔들리지 않는 공직자의 삶을 살아올 수 있게 했다.

외교부 장관 공관에서 열린 당선 축하연에서
반기문 총장과 저자가 인사를 나누고 있는 모습.

외교부 장관 공관에서 연 가족, 친지들과의 축하연.
반기문은 이 축하연의 비용을 개인비용으로 처리했다.

사람의 마음을 사는
비결은 오직 정성뿐

반기문은 상대방이 지위가 높건 낮건, 자신에게 잘했던 못했던 간에 한 번 맺은 인연은 소중히 여긴다. 그러니 당연히 인맥이 넓어질 수밖에 없다.

가능한 한 많은 사람을 만나고 전화 통화도 하지만 1년이면 넉 달은 해외에 나가 있기에 시간도 부족하고 관리에 한계가 있다. 그러다 보니 1년에 한 번이라도 인사를 하기 위해 매년 연하장을 보낸다. 여기에도 늘 자필 서명이 들어간다. 워낙 많이 보내니 답장도 상당한데 여기에 또다시 일일이 자필로 답을 한다. 그 번거로움은 이루 말할 수 없지만 반기문은 당연하다고 생각한다. 사람의 마음을 사는 비결은 '정성'뿐이라는 것이 평생의 멘토인 노신영 총리에게 배운 자신의 철학이기 때문이다.

사람과의 관계, 국가간의 관계가 특히나 중요한 외교관에게 편지에 대한 철학은 대단한 차별성이었다. 2000년도 차관 시절 인사상의 민원 등으로 직원들의 편지가 하루에도 대여섯 통씩 올라왔다. 당장 처리할 외교 현안이 산적한 상태라 해도 시간을 내어 꼬박 이를 읽어 봤다. 그러고는 짧게라도 늘 답장을 썼다.

"편지 잘 봤습니다. 다음에는 꼭 참작하겠으니 계속 열심히 해주십시오."

내용은 단순했다. 그러나 편지를 받은 사람들은 감동하게 마련이다. 설사 원하는 대로 시정이 안 되더라도 차관이 직접 답장을 보냈다는 사실 하나만으로도 편지 보낸 사람의 답답한 마음은 풀리기 때문이다.

편지를 읽는 것이든 답장을 보내주는 것이든 시간을 낸다는 의미를 넘어, 상대방에게 성의와 정성을 표현하는 것이다.

그를 다소 못마땅하게 여기는 사람이라도 그와 30분만 이야기하면 자신도 모르게 그의 인간적인 매력에 팬이 되어버린다는 소리가 외교부 직원들 사이에 있다. 개인적인 생활 철학을 묻는 한 인터뷰에서 그는 이렇게 대답했다.

"항상 나 자신보다 상대방의 입장에서 배려하고 이해하고 존중하려는 노력을 많이 합니다."

나 역시, 취재하면서 그는 사람에 대한 배려가 정말 타고났다는 생각을 했다. 말레이시아 쿠알라룸푸르에서 아세안 지역안보포럼(2006년 7월)이 열릴 때였다. 우리나라와 미국 등의 외교부 장관들이 모여 북한의 미사일 발사에 대한 국제적인 대응을 논의한 자리였다. 중요한 사안이라 한국에서 수십 명의 기자들이 동행취재를 했다. 일주일간의 취재를 마친 마지막 날 저녁, 당시 반기문 장관은 그동안 수고했다며 한국 식당으로 기자들을 초대했다.

나를 포함한 방송기자들은 한국의 저녁뉴스 시간에 맞춰 기사와 화면 등을 위성으로 송출해야 했기 때문에 식사자리가 끝날 때쯤 뒤

늦게 합류했다. 장관은 반소매 와이셔츠에 넥타이도 매지 않고 편안하게 기자들과 이런저런 이야기를 나누고 있었다. 방송기자들은 뒤늦게 번잡해지는 것이 부담스러워 그저 인사만 하고 조용히 구석 자리에 앉아 식사를 했다. 우리를 제외한 일행이 하나둘 자리를 뜨는데 그가 다가왔다.

"이제야 식사를 하시고, 얼마나 고생이 많습니까?"

사실 고생으로 말하자면 장관이 더 하다는 것을 우리는 뻔히 알고 있었다.

"소주나 한 잔 합시다."

스케줄을 소화하고 민감한 사안을 다루느라 피곤했을 텐데도 그는 우리 일행이 식사를 마칠 때까지 계속 소주를 따라주며 격려해주었다. 나는 그때 스스로에게 내가 장관이었다면 이렇게 할 수 있을까 하는 질문을 했다. 대답은 '못한다'였다.

유엔 사무총장으로 당선이 확정된 이후, 외교부에 출입하는 기자들은 모두 그에게서 편지를 받았다. 총장 당선 이후 그의 일정은 더욱 살인적이었다. 그 바쁜 와중에도 50명이 넘는 기자들에게 일일이 편지를 보낸 것이다. 성원에 감사하며, 앞으로도 관심을 가지고 지켜봐 달라는 내용이었다.

그리고 편지의 마지막 부분에 '불초(不肖) 반기문 배상'이라는 자필 서명이 씌어 있었다. 요즘엔 흔히 사용하지 않는 '불초'라는 표현은 윗사람에게 자신을 낮출 때 사용하는 말이다. 기자들은 도무지 그가 언제 편지를 준비했는지 가늠할 수가 없었다.

"정말 대단한 사람이야. 이 와중에 편지까지 보내 감사 인사를 하다니."

"게다가 봐 봐, 유엔 사무총장이 '불초'라는 표현을 쓰다니 허 참."

몇몇 기자들은 그 서명이 진짜일까 의심하며 침을 묻혀 지워봤다. 글씨가 퍼졌다. 평생의 멘토 노신영 총리에게 배운 대로 당연히 친필이었다.

반기문은 매년 새해가 되면 2000명 가까운 국내외 지인들에게 직접 연하장을 쓴다. 해외출장이 많은 관계로 편지쓰기는 대부분 비행기 안에서 이루어진다고 한다. 아마 내가 받은 그 편지 역시 기내에서 쓰인 것이 아닐까 싶다.

유엔 본부가 있는 뉴욕으로 떠나기 바로 전에도 그랬다. 방송사마다 그를 인터뷰하려고 했다. 외교부 출입 방송기자들은 그가 얼마나 바쁜지 잘 알고 있었기 때문에 다 한꺼번에 모여 연합 인터뷰를 하자고 뜻을 모았다. 그랬는데도 그와 인터뷰 일정을 잡기란 쉽지 않았다. 유엔 사무총장 취임 준비에 위임 준비, 여기저기 행사에서 서로 그를 찾아 모셨으니 도무지 시간이 나지 않았다. 그러다 출국 사흘 전에야 딱 1시간이 빈다는 연락이 왔다. 그날은 일요일이었다.

"허허, 그 양반 역시. 그래도 그런 날엔 좀 가족과 식사를 하면서 쉬어야 하는 거 아닌가?"

기자들은 인터뷰를 하게 돼서 다행이라 여기면서도 그의 걱정을 하지 않을 수 없었다. 나와 다른 방송사 기자들은 부랴부랴 한남동에 있는 외교통상부 장관 공관으로 찾아갔다. 생중계를 준비하고 있어서 현장 준비를 위해 카메라 기자와 함께 공관에 들어갔다. 당시 그는 감기몸살을 앓아 꽤 피곤한 상태였지만 여느 때처럼 반갑게 맞아주었다. 방송은 생리상 여러 명의 스태프를 동반하게 돼 있다. 최소한 취재기자 1명, 촬영기자 1명, 음향과 조명 등을 책임지는 오디오 스태프 1명 그리고 운전기사가 동반한다. 그날 YTN, KBS, MBC, SBS 등 6개 방송사의 취재진이 모이다 보니 장관 공관은 북새통이 되었다. 6개사 방송기자들은 10분씩 돌아가며 인터뷰를 하기로 했다. 딱 60분, 한 시간이었다. 출국 직전 여유로 남은 1시간을 방송사들이 차지한 것이었다. 그런데도 그는 인자한 표정으로 웃으며 기자들에게 오히려 미안해했다.

"이를 어쩌나, 미안해요. 다음 일정 때문에 나는 그만 가봐야 하는데 시간이 부족했죠?"

보통 같으면 기자들 성격에 "더 인터뷰를 해달라."고 소리를 높였을 텐데 반기문이 할 수 있는 최선을 다해 시간을 내어주고 인터뷰에 응해주었다는 것을 너무 잘 알고 있어 그 자리에 모인 기자들은 그럴 수가 없었다.

청소년들의
희망이 되다

유엔 사무총장이 된 이후 그야말로 한국에는 반기문 열풍이 일었다. 특히 글로벌 시대의 리더가 되고 싶은 청소년들에게 최고의 롤모델이 아닐 수 없었다.

하지만 세계 곳곳을 동분서주하는 반 총장을 가까이에서 보기는 사실상 불가능했으니 그저 뉴스를 통해 반 총장의 메시지를 들을 수밖에 없었다.

그러다 연임이 확정된 이후 반 총장은 국내 청소년들과의 자리를 마련할 수 있었다. 반 총장은 인천 송도에서 청소년 특강을 진행했는데 한류 스타의 콘서트를 방불케 하는 열광적인 분위기였다. 환호성과 박수가 엄청난 것은 물론 몇몇 청소년들은 눈물을 흘리기까지 했으니 말이다.

반 총장은 "중학교를 다니던 어느 날 교장 선생님의 훈화에서 '머리는 구름 위에, 발은 땅에 굳게 딛고서 계단을 한 걸음씩 올라가라.'는 말을 들었습니다. 이상은 높게 설정하되 현실을 직시하고 하나하나 실천하라는 뜻으로 공직 생활 내내 머리에 두고 실천하고 있습니다."라고 말했다.

기후변화와 인권문제 등 유엔의 과제를 설명하면서 "오늘은 내가 지도자이지만 미래는 여러분들입니다. 유엔에 보다 많은 관심을 갖고 성원해주길 바랍니다."라고 당부하며 그 자리에 참석한 청소년들에게 꿈과 희망을 불어넣었다.

반기문은 2011년 8월 한국을 방문했다. 그는 대한적십자사가 서울의 한 호텔에서 개최한 '아프리카 어린이 돕기' 성금 모금 프로젝트 출범식에 참석했다.

반 총장은 이 자리에서 걸 그룹 소녀시대 멤버들을 만나게 된다. 소녀시대의 막내인 서현은 특히 반 총장의 열렬한 팬으로 알려져 있었다. 모 TV 프로그램에 출연할 당시에도 서현은 가상의 남편인 가수 정용화에게 여러 차례 반 총장을 존경한다고 말해 주목을 받기도 했고, 침대 맡에 대형사진을 놓아 둘 정도로 좋아하는 할리우드 배우 조니 뎁과 반기문 총장 중에 선택하라는 질문에 고민없이 '반기문 총장님'이라고 답할 정도였다.

서현은 "반기문 총장님의 내적인 면을 굉장히 존경하기 때문에 관련 책과 뉴스를 다 찾아보고 있어요."라고 말했다.

서현은 반 총장을 만난 일을 두고 이렇게 이야기했다.

"힘들 때마다 반기문 유엔 사무총장님의 이야기를 읽고 힘을 얻었고 저의 멘토로 삼았습니다. 그런데 아프리카 어린이 돕기 행사에서 만나게 된다는 것을 알게 됐어요. 설레는 마음으로 며칠 동안 편지를 써서 소녀시대의 앨범과 함께 전해드리려고 했습니다. 그런데 사전에 약속이 없으면 선물을 전해줄 수 없다고 해 실망했는데 주최 측의 배려로 연설이 끝나고 선물을 드릴 수 있었어요."

반기문 총장이 아프리카 어린이 돕기 행사에서 걸 그룹 소녀시대를 만났다.
소녀시대 멤버 중 서현은 늘 반기문 총장을 존경해왔다며 반기문 총장에게
소녀시대 앨범과 편지를 선물했다.

"편지를 받으니 두근두근거립니다."

편지를 받은 반 총장은 웃으며 인사를 건넸다.

서현이 건넨 책에 본명인 '서주현'이라고 쓰고 "사랑의 노래로 세계 평화를"이라는 글과 사인을 해주었다. 서현은 당시 너무 감격스럽고 행복했다며 이를 두고두고 자랑스러워했다.

어린 시절부터 인간 반기문을 규정하는 코드 중 하나는 '겸손'이다. 유엔 사무총장이 된 뒤에도 변할 리 없다.

한국인 유엔 사무총장의 탄생이 자랑스러워 한국에서는 '반기문 마라톤대회' 등 여러 가지 행사가 진행됐다. 하지만 주변의 반응은 열광의 수준을 지나쳤다. 너도나도 앞다퉈 '반기문'이라는 이름 석 자를 딴 행사를 주관하려고 열을 올리고 있었다.

반 총장은 자신이 지나치게 부각돼 일종의 '우상화'되는 것을 경계했다. 고향마을인 충북 음성에 반기문 기념관과 유엔평화공원이 들어선 것에 대해서도 "개인을 기념하는 것이 아니라 세계인으로 도약하는 발판으로 활용되기를 바랍니다."라고 간곡히 당부했다.

누구에게나 언제나
친절하고 따뜻하게

일반 회사에서 고위 직급의 인사발령이 나면 당사자도 그렇지만 다른 아래 직원들도 긴장을 한다. 소위 '줄서기' 때문이다. 상사와 인연이 있는 직원은 '내가 그분한테 잘했으니까 앞으로 내가 출세하는 데 도움을 주겠지.'하는 기대를 하게 된다. 인연이 없는 직원은 쓴 입맛을 다시면서 삼삼오오 모이기만 하면 새로 부임한 상사를 헐뜯게 된다. 그런데 2004년 1월 반기문이 외교통상부 장관으로 임명되었을 땐 모든 직원이 하나같이 기뻐했다. 모두가 스스로를 '반기문의 사람'이라고 생각했기 때문이다.

인품도 좋은데다 매너가 좋으니까 여자 직원들에게 특히 인기였다. "장관님이 오늘 출근하는데 현관문을 잡아주시는 거 아니겠어요."라며 장관이 베푼 작은 친절과 배려에 직원들은 감동했다. 아마도 그런 장관이 드물기 때문이리라.

해외 출장 중이었을 때다. 호텔에서 한 여성이 무거운 짐을 가지고 엘리베이터를 타려고 했다. 외국인들이나 그의 보좌관들은 멀뚱멀뚱 그 모습을 보며 서 있었는데, 반기문이 그 여성에게 다가가 "도와드릴까요?"라며 짐을 대신 받아들었다. 외교관 생활을 통해 여성에 대한 매너가 자연스럽게 몸에 밴 까닭이었다.

청소를 하는 아주머니나 운전을 해주는 기사들에게도 늘 깍듯하게 고맙다는 인사를 잊지 않는다. 지위고하를 막론하고 늘 따뜻하게 대하는 마음은 주변 사람들에게 그가 보기 드물게 좋은 인품을 가진 사람이라는 이미지를 심어주었다.

인간 반기문의 진정한 매력은 언제나 한결같이 친절하고 따뜻한 마음이라 감히 말하고 싶다. 많은 외교부 직원들이 그의 친절함과 따뜻함을 경험했다. 직원이 아프거나 집안에 안 좋은 일이 있다면 수시로 묻고 격려해주고 오래전에라도 한 번 인연을 맺은 직원이 상을 당하면 아무리 바빠도 꼭 찾아간다.

오스트리아 대사 시절에 함께 일하던 후배 외교관이 간암에 걸려 병원에 입원했다는 소식을 들었을 때는 바쁜 와중에도 간암에 좋다는 것이면 이것저것 바리바리 챙겨 수시로 찾아가 위로했다.

2001년, 반기문에게 무척이나 억울한 사건이 있었다. 이 일로 반기문은 외교부 차관직에서 퇴진을 해야 했다. 이 사건에 대해서는 뒤에서 자세히 이야기하겠다. 당시 반기문은 우울하고 답답했다. 누구도 만나고 싶지 않았다. 그런데 그때 공교롭게도 주례를 서주기로 오래전부터 한 약속이 있었다. 예전에 같이 일했던 부하 여직원의 결혼식이었다. 급하게 주례를 바꾸는 방법도 있겠지만 예의가 아니었다. 오히려 그는 '혹시 그 직원과 가족이 내가 식장에 안 나타날까봐 걱정하고 있는 건 아닐까?' 하는 생각을 했다. 타인에 대한 배려심이 먼저 발동했다. 그래서 결혼식장에 한 시간이나 먼저 도착해 신부의 부모를 만났다.

"아이고 차관님, 안 그래도 소식 듣고 걱정 많이 했습니다. 경황도 없으실 텐데 정말 감사합니다."

"아, 예. 좀 일찍 왔습니다. 오늘 주례는 걱정하지 마세요."

머릿속은 복잡했지만 결혼식 주례는 무사히 마쳤다. 그는 그렇듯

겉치레가 아닌 마음속에서 우러나오는 진심으로 사람들을 대했다. 그랬으니 그가 유엔 사무총장에 당선되었을 때 주변의 모든 사람들이 진심으로 기뻐했던 것이다. 선한 사람이 결국 승리한다는 사실은 누구에게나 마음 뿌듯한 일이다.

05

외교관이라는
직업에 대한
뜨거운 열정과
사랑으로 살다

자투리 시간에
프랑스어를 배우다

반기문이 그토록 좋아하고 열심히 공부한 영어는 그에게 많은 기회를 제공해주었다. 비단 학생 시절뿐 아니라 외교부에서도 그는 알아주는 영어통이었다. 그래서 우리나라 외교의 핵심이라고 볼 수 있는 영어권 업무를 주로 맡을 수 있었다.

1979년, 첫 부임지인 인도를 거쳐 뉴욕의 유엔 본부에서 1등 서기관으로 일할 때였다. 예전부터 영어 말고 다른 언어를 하나 더 공부할 필요를 느끼고 있었는데 유엔 본부에서 일을 하니 그게 더 절실했다. 유엔에 드나드는 사람들은 국적을 불문하고 기본적으로 영어를 사용했기 때문에 일하는 데 불편함은 없었다. 그러나 영어만 할 줄 알았던 반기문은 자꾸만 답답함이 느껴졌다. 외교관으로서 세계 정치와 비즈니스에 막대한 영향력을 미치는 열강의 언어를 고루 할 필요가 있었고, 간혹 여러 나라 말을 하는 동료 외교관들이 부럽기도 했다.

서구권 외교관들은 모국어에다 영어는 기본이고 다른 한두 개의 언어도 유창하게 할 줄 알았다. 스페인어나 프랑스어나 독일어 등은 모두 같은 뿌리를 두고 있어 그중 한 가지가 모국어라면 다른 언어는 비교적 쉽게 익힐 수 있다. 외교는 총성 없는 전쟁, 외교관은 총 없이 싸우는 군인이라고 하는데 어찌 보면 외교관에게 언어는 무기가 된다.

다른 사람들의 외교에 대한 정의는 다를지 몰라도 반기문에게 '외교란 친구를 사귀는 것'이었다. 친구끼리는 말이 통해야 하지 않는가. 친구가 아니더라도 프랑스어와 스페인어를 구사하는 그룹과도 어울려야 정보를 얻기에 유리했다. 또 그들과 제대로 소통하기 위해서라도 그들의 언어를 익혀 두는 것이 좋았다. 그리고 그 나라의 언어로 대화하면서 얻을 수 있는 이득도 많았다. 우리도 외국인이 우리나라 말을 잘 못해도 한두 마디 하면 호감이 생기듯이 말이다.

지금이나 그때나 유엔의 일은 정신없었다. 언제 어디서 무슨 일이 터질지 모르니 항상 대기해야 했고, 한두 시간만 자리를 비워도 처리해야 할 일이 쌓이곤 했다. 반기문은 어떻게 할까 고민을 하다 점심시간을 활용해 프랑스어를 공부하기로 했다.

프랑스어는 외교관에게 매우 중요한 언어다. 외교 무대에서 영어 다음으로 많이 쓰는 말이기도 하고, 인칭과 시제에 따라 동사가 다양하게 변하기 때문에 그 어떤 언어보다 논리적이고 정확하게 상황을 묘사할 수 있기 때문이다. 일상에서도 '아' 다르고 '어' 다른 게 사람의 말이지만, 외교 세계에서는 그 '아'와 '어'가 큰 땅덩어리를 얻을 수도 있고 내줄 수도 있을 만큼 엄청난 의미를 갖고 있다. 그래서 중요한 외교 문서는 프랑스어로 작성하는 경우가 많다.

배우기 쉬운 외국어가 어디 있을까만 프랑스어는 배우기 아주 까다롭다. 우리나라 사람이 공부하기엔 발음도 그렇고, 문법도 복잡하다. 동사의 변화를 외우는 것도 쉬운 일이 아니다. 처음에는 쉬워 보이지만 가면 갈수록 까다로운 게 프랑스어다.

하루에 몇 십 분, 자투리 시간을 쪼개 소박하게 시작했지만 꾸준하게 공부했다. 결국 반기문은 유엔의 프랑스어 프로그램 최상급 자격증을 따냈다. 자투리 시간을 쪼개 쌓아둔 프랑스어 실력은 훗날 그가 유엔 사무총장이 되는 데도 큰 도움이 되었다.

유엔 사무총장의 선출은 유엔 안보리 이사국 15개 나라가 결정한다. 미국, 영국, 중국, 러시아, 프랑스는 유엔 5대 상임이사국이다. 이다섯 나라 중 한 나라만 반대해도 유엔 사무총장은 될 수가 없다. 이른바 비토(Veto)라고 불리는 거부권을 행사할 수 있는 나라이기 때문이다. 프랑스는 자신들의 문화, 특히 언어에 대한 자부심이 남달리 강하다. 특히 영어권 문화와 경쟁관계에 있기 때문에 자신들의 언어에 대한 애착이 대단하다. 따라서 프랑스어를 못하는 사람이 유엔 사무총장이 되는 것을 용납하지 않는다.

반기문이 유엔 사무총장 선거를 염두에 두고 프랑스어를 공부한 것은 아니었지만 그때의 프랑스어는 확실히 그가 유엔 사무총장이 되는 데 큰 역할을 했다. 2006년, 유엔 사무총장 선거에 나가기로 결정한 후 30여 년 만에 그동안 접어두었던 프랑스어 공부를 다시 시작했다. 간단한 대화야 문제가 없었지만 오랫동안 쓰질 않아서 아무래도 유엔 사무총장 선거 때나 유엔에서 활동하려면 좀 더 공부가 필요했다. 외교부 장관으로 바쁜 일정을 소화해내는 중이라 공부할 시간은 턱없이 부족했다. 하지만 반기문은 주말 아침에 두어 시간씩 프랑스어 개인교습을 받았다.

프랑스어가 쉽지 않다는 것을 알고 있던 한 보좌관이 하루는 인사차 그에게 물었다.

"장관님, 프랑스어 공부 잘 되세요? 너무 무리하지 마세요."

"너무 오래 프랑스어를 놓아버렸어. 놓지 말고 꾸준히 했어야 했는데. 그동안 왜 제대로 안 하고 허송세월을 보냈을까."

그는 혼잣말하듯이 아쉬워하는 소리로 대답했다. 적지 않은 나이에 저렇게 열정적으로 공부에 매진하는 것도 놀라웠지만 매순간 열심히 노력하며 살아온 사람이 그런 말을 하다니 보좌관은 할 말을 잃었다.

아무튼 자신의 부족한 부분을 채워 넣겠다는 그의 열정은 시도한만큼 톡톡히 성과를 보았다.

재능보다는 열정이
더 큰 힘이 된다

유엔 사무총장 후보로 출마한 후 2006년 7월 유엔 사무총장을 선출하는 1차 예비투표가 있었다. 유엔 안보리 의장국인 프랑스 측에서 그 결과를 직접 알려주겠다는 연락이 왔다. 프랑스어 공부는 계속하고 있었지만 당황스러웠다. 전화 통화는 아직 불안했기 때문이었다. 전화로 말하는 것은 직접 보고 대화하는 것과는 달리 상대방의 입모양이나 몸짓, 표정 등을 볼 수 없으니 알아듣기가 더 어렵다. 그래서 반기문은 프랑스어가 유창한 천영우 평화교섭본부장을 찾아 불렀다.

"저쪽 전화기로 듣고 내가 못 알아들으면 내용을 좀 알려주세요."

"예."

전화벨이 울리자 동시에 두 대의 전화기를 들었다. 다행히 전화로 들려오는 프랑스어는 충분히 알아들을 만했다. 게다가 그에게 아주 반가운 내용이었다. 1차 예비투표에서 1위를 기록했다고 했다.

유엔 사무총장 선거운동을 하고 있을 때 반기문은 필립 두스트 블라지 프랑스 외교부 장관을 세 차례 만났다. 마지막으로 만났을 때 블라지 장관은 반기문의 프랑스어에 대해 극찬을 아끼지 않았다.

"미스터 반, 당신은 세계에서 가장 빨리 프랑스어를 익힌 사람입니다. 올해 당신을 세 번 만났는데 처음에는 인사말 정도만 하더니 두 번째 만났을 때는 간단한 대화를 할 수 있었고, 이번에는 외교 업무도 충분히 소화할 수준이네요. 당신의 프랑스어 아주 훌륭합니다."

반기문은 이 이야기를 적지 않게 하고 다녔다.

"허허허, 프랑스 외교부 장관이 제게 그랬다는 거 아닙니까. 제 자랑한다고 흉봐도 할 수 없어요."

평소 자랑이라고는 할 줄 모르는 사람인데 힘들게 공부한 프랑스어 실력을 인정받는 것이 스스로도 대견했던 모양이었다. 노력하고 발전하는 것이 반기문의 특별한 즐거움이었다.

그의 프랑스어 실력은 자크 시라크 프랑스 대통령도 인정해주었다.

한 작은 파티에서 시라크 대통령을 만났는데, 유엔 사무총장 후보인 그에게 시라크 대통령은 눈길을 주지 않았다. 그러다 반기문이 어느 프로그램을 진행하게 됐는데 프랑스어로 사회를 보자 눈을 크게 뜨고 그에게 주목하기 시작했다. 기대도 하지 않았는데 반기문의 프랑스어가 매우 괜찮았던 것이다. 시라크 대통령은 활짝 웃으면서 옆자리에 있던 빌 클린턴 전 미국 대통령을 쿡 찔렀다.

"저 사람이 이번에 유엔 사무총장 후보로 나선 사람이랍니다. 프랑스어 실력이 대단하네요."

프랑스어를 배우는 데 많은 노력을 했다는 것을 그들도 짐작할 수 있었다. 프랑스 사람의 콧대 높은 자존심이 만족되는 순간이었다. 당연히 반기문 후보에 대한 신뢰와 호감도도 높아졌다.

독일어는 1998년 오스트리아 대사로 나갔을 때 익혔고, 독일어권 대사들과 사귀고 싶어 배우게 되었다. 그 후 독일어권 외교관들이 모인 자리에서 영어가 아닌 독일어로 연설을 해 그들에게 깊은 인상을 심어준 적도 있었다.

모든 외국어를 원래 잘하거나 외국어에 대단한 재능이 있어서가 아니라 부족한 것을 채우고 싶다는 열정이 언제나 그에게 동력이 되어주었다.

공부할 때는
아무도 못말려

유엔 본부에서 과장으로 근무했던 1983년에 미국으로 유학을 갈 수 있는 기회가 생겼다. 그는 하버드 케네디 스쿨을 선택했다. 하버드대학 행정대학원에 해당하는 곳이었다.

수많은 미국 고위 관료들을 배출한 권위 있는 학교였고 매우 까다로운 심사를 거쳐야만 들어갈 수 있는 곳이었다.

반기문은 아내와 아이 셋을 데리고 보스턴으로 떠났다. 다시 학생이 된다니 설레기도 했다. 오랜만에 느끼는 기분이었다. 케네디 스쿨이라니, 20여 년 전 케네디 대통령과 만났던 순간도 떠올랐다. 하지만 케네디 스쿨은 들어가는 것도 어렵지만, 수업을 따라가는 것도 정말 어려웠다. 아무리 영어를 잘한다 해도 케네디 스쿨에서의 공부는 쉽지 않았다. 세계에서 내로라하는 사람들이 모인 곳이라 경쟁이 치열했다.

하루는 부인 유순택이 한국에 있는 시누이 반정란에게 전화를 했다. 걱정이 가득 담기다 못해 울 것 같은 목소리였다.

"아가씨, 요즘 너무 걱정이 돼요."

"아니, 언니 왜요?"

침착하고 차분한 새언니는 그런 소리를 하는 사람이 아니었다. 멀리 떨어져 있는 가족이 걱정할까 봐 웬만한 고민은 전하지 않는 사람이 그런 소리를 하니 놀라 물었다.

"아가씨, 큰오빠가 공부하다 죽을까 봐 겁이 나요. 하루 두세 시간 밖에 안 자고 공부만 하네요. 오늘은 코피까지 엄청 쏟았어요. 아가씨가 전화 좀 해주세요. 공부 좀 덜하라고요."

여동생 반정란은 큰오빠가 어떻게 공부를 하는지 자라면서 많이 봐왔기 때문에 상황이 짐작은 됐지만 말릴 자신은 없었다.

그래서 새언니에게 '큰오빠는 보기보다 강한 사람이니 너무 걱정 마시라. 아무튼 공부에는 못말리는 승부근성이 있는 사람이다.'라면서 위로의 말을 했을 뿐이다.

'미치면 미친다'고 했던가. 반기문은 케네디 스쿨 과정에서 전과목 A+를 받았고 졸업식에서 학교설립자 상을 받았다. 힘들었지만 원 없이 공부했고, 많은 새로운 것들을 배울 수 있는 기회가 되었다.

그렇게 치열한 '학생 생활'을 하면서도 외교관으로서의 의무도 어떻게 해서든 해냈다. 보스턴에는 하버드, MIT 등 세계 유수의 대학이 있다. 그래서 우리나라 교민과 한국인 유학생이 많다. 그때는 보스턴에 우리 영사관이 없었던 때라 반기문은 사실상 유학생들과 교민들의 총영사 노릇을 했다.

그 시절 돈이 없어 어려운 생활을 하는 유학생들이 많았다. 반기문은 가난한 학생들의 고충을 누구보다 잘 알고 있었기 때문에 형편이 어려운 유학생들을 집으로 불러 밥을 해 먹이고 고민도 상담해주면서 형제처럼 그들을 챙겨주었다. 살림이 그리 넉넉하지도 않았고,

하버드 케네디 스쿨 유학시절, 가족과 함께.
하루 두세 시간 밖에 안 자고 공부한 반기문은 전과목 A+를 받았고
졸업식에서 학교설립자 상을 받았다.

지금도 그렇지만 그때는 공부를 하느라 집안일에는 전혀 신경을 쓰지 못했다. 물 설고 말 설은 곳에서 살림하랴 어린 세 아이 키우랴, 남편 따라 교민들 챙기랴, 아내에게 미안한 마음이 적지 않았다. 그래서 그렇게 유학생들이 몰려와 밥을 먹는 날에는 항상 그가 설거지를 했다. 아내에게 그렇게 미안한 마음을 전하는 것이었다.

1980년대 후반 워싱턴에서 총영사를 했을 때였다.

"영사님, 저의 집에 와서 못 좀 박아주세요." "형광등이 나갔는데 갈아 끼우는 법을 모르겠네요. 좀 도와주세요."라는 교민들의 황당한 주문도 많았다. 그는 "허허, 예." 하고 달려가 일을 해주곤 했다. 어떤 일이든 교민이 필요하다고만 하면 성심성의껏 해주었다. 주말에는 무조건 교민들 행사에 쫓아다녔다. 그래서 워싱턴에서 그와 함께 지냈던 교민들은 장관이 되고 유엔 사무총장이 된 이후에도 계속 '반기문 총영사'라고 불렀다. 그들은 무엇이든 발 벗고 뛰어주던 '영원한 총영사'로 기억하고 있다.

몸치 반기문,
춤에 도전하다

자신에게 부족한 것을 채워 넣겠다는 열정은 외국어에만 그친 것이 아니었다. 오스트리아 대사 시절에는 춤을 배우기로 했다. 어린 시

미국 유학 시절, 세 아이 키우면서 남편 따라
유학생들과 교민들을 챙기느라 힘든 아내를 위해
반기문은 설거지 당번을 자처하곤 했다.

절부터 '가무'와는 거리가 먼 사람인 그에게 가장 필요한 과목일 수도 있었다. 하지만 음악은 초등학교 때부터 기피 과목이었다. 게다가 그는 몸치였다.

오스트리아가 어떤 나라인가. 모차르트의 고향, 왈츠의 본고장, 빈 필하모닉 오케스트라로 유명한 그야말로 예술의 나라가 아닌가. 오스트리아의 도시 빈에서는 댄스 파티를 겸한 행사가 자주 열렸다. 특히 연말 외교 행사에는 춤이 빠지지 않았다. 춤을 못 추는 그에게는 난감한 일이었다. 프레드 애스테어(1899~1987, 미국의 뮤지컬 배우로 탭 댄스의 명수였다)처럼 한 춤 할 것 같은 날렵한 몸매였지만 플로어에 서면 리듬과 몸, 마음이 제각각으로 움직여버리곤 했다.

처음 댄스 파티에 초대받고는 무척 당황했다. 우아한 동작이나 스텝 모두 도저히 흉내조차 낼 수 없었다. 식은땀만 흘렀다. 그때부터 파티만 있으면 겁부터 났다. "어쩌다가 이런 나라로 발령이 난 거지?"라는 괜한 푸념까지 나왔다.

그러나 대한민국을 대표해서 오스트리아로 왔는데 파티 때마다 곤욕스러워하고 이들의 문화를 함께 즐기지 못한다면 제대로 된 외교관이 아니라는 생각이 들었다. 또 한 번 부족한 부분을 채워보기로 했다. 춤을 제대로 배워보겠다는 중대한 결심을 한 것이다.

시내에 있는 교습소에 아내와 함께 등록을 했다. 북한 김일성의 기쁨조들이 춤을 배웠다는 유명한 교습소였다. 잘하면 아내와 함께 할 수 있는 좋은 취미 하나를 가질 수도 있을 듯했다.

"어휴, 그거 민망하고 쑥스럽겠네요."

그렇게 말은 했지만 아내는 반기문을 따라나섰다. 외교관의 아내는 여염집 부인네처럼 살 수 없다는 것을 잘 알고 있었기 때문이었다. 외교 파티는 부부 동반으로 하는 경우가 많았고 외교관 부인은 남편 못지않게 사교 활동과 봉사 활동을 많이 해야 한다. 그래서 외교관 부인들은 스스로 '준외교관이다.'라는 생각을 한다.

그러나 열심히 다니면서 한참을 배웠는데도 왈츠 리듬에 맞춰 몸이 자연스럽게 움직여 주지 않았다. 속으로 연신 '하나 둘 셋 둘 둘 셋 턴, 둘 둘 셋, 손 바꾸고 턴' 박자를 세면서 스텝과 동작을 맞춰야 했다. 그렇게 노력하여 플로어에 설 때마다 느꼈던 고독감은 극복할 수 있었다.

오스트리아의 빈은 유럽의 고도(古都)로 클래식 음악의 전통이 유구한 곳이다. 음악가와 공연이 언제나 주요한 화젯거리였고, 연말연시가 되면 해외에서 공연을 보기 위해 관광객이 몰려올 정도로 공연 문화가 발달한 도시다. 그런 빈의 예술계는 외교관들과 교류도 많고 예우도 극진하다. 시대가 바뀌어도 그런 전통이 여전히 살아 있는 곳이다. 이를테면 스케줄이 빠듯한 각국 대사들이 시간이 날 때면 언제든지 와서 감상할 수 있도록 유명한 공연장마다 대사들을 위한 좌석을 따로 비워놓는다. 반기문은 그게 무척 좋았다. 화제가 되는 공연은 빠지지 않고 참석했다. 덕분에 오페라의 세계에도 눈을 뜨게 되었다. 그러다 보니 예술을 사랑하는 외교관으로서의 이미지를 심을 수 있게 되었다.

오페라는 쉽지 않은 예술 분야다. 흔히 뮤지컬과 비교해 상당히 어려운 장르로 분류된다. 뮤지컬은 처음 보는 사람에게도 부담 없이 다가선다. 화려한 조명과 춤, 재미있는 노래들은 눈과 귀를 현란하게 유혹하고 엉덩이를 들썩들썩하게 만든다. 하지만 오페라는 클래식 음악의 정수로 불리는 만큼 까다로운 격식이 따른다. 또 감상에 상당한 인내심이 필요하다. 알아듣기도 어려운 이탈리아어로 진행되는 경우가 대부분인데다 극의 흐름도 매우 더디다. 그뿐이 아니다. 관람객들도 예의를 갖춰 정장을 입어야 하고 공연 중 작은 기침이라도 할라치면 옆사람의 눈치가 대단하다. 하지만 참고 견디면서 한 편, 두 편 보다 보면 어느 순간에는 푹 빠져들게 되고 오페라의 매력이 대단하다는 것을 깨닫게 된다.

그러나 대부분의 사람들은 오페라 한두 편만 보고 나면 "난 아무래도 체질이 아니야."라며 포기한다. 그런 면에서 보면 오페라야말로 성실과 끈기의 대명사 반기문에게 딱 어울리는 장르라 할 수 있다. 훌륭한 외교관이 되기 위해선 예술에 대한 안목도 있어야 한다는 게 그의 생각이었다. 그는 예술의 세계에 한 발 한 발 성실하게 진입했다. 그에게는 대단히 새로운 세계였다. 새로운 세계에 들어서자 자연스럽게 외교관으로서 자신이 할 수 있는 일에 대한 아이디어도 생기게 되었다. 빈에는 음악을 공부하는 한국인 유학생들이 꽤 있었다. 처음에는 그도 음악으로 유학을 올 정도면 유학생들 모두 잘사는 집

오스트리아 대사 시절, 발트하임 대통령 내외와 함께.
클래식 음악의 전통이 깊은 오트스리아는 반기문을 예술을
사랑하는 외교관으로 만들어주었다.

안 출신일 것이라고 생각했다. 그러나 유학생들을 한 명 한 명 만나 본 결과 막상 그렇지 않는 학생들도 많다는 것을 알게 되었다. 유학생들은 정규 학교 수업 외에 개인 레슨도 따로 받아야 하는데 비용 때문에 엄두도 내지 못하는 경우가 상당수였다.

반기문은 이런 학생들을 위해 오스트리아의 유명 연주가들과 한국 유학생들의 자매결연을 주선했다. 또 한국·오스트리아 오케스트라 창단을 주도했다. 당시만 해도 그런 시도가 얼마나 가겠냐고 부정적으로 보는 시각이 많았지만 지금은 그 오케스트라에 입단하는 오디션 경쟁률이 대단하다고 한다.

음악에 '음' 자도 알지 못했던 그가 이렇듯 음악의 세계를 제대로 알게 된 것도, 그래서 유엔 사무총장 당선에 많은 도움을 준 당시 미국 국무 장관 콘돌리자 라이스로부터 '반기문은 진짜 신사'라는 평가를 듣게 된 것도, 모두 단 하나의 선에서 출발한다. 자신에게 부족한 부분을 채워 넣겠다는 열정. 모든 것은 거기서 시작되었다. 사람에겐 누구나 부족한 부분이 있다. 성공과 실패의 차이는 부족함 그 자체에 있는 것이 아니라 그것을 채워 넣겠다는 열정이 있느냐 없느냐에 달려 있다. 반기문이 원래부터 프랑스어를 잘했던 것이 아니고, 음악은 기피 과목이었다는 사실을 기억해야 한다.

미련할 정도로
일밖에 모르다

외교관이 된 반기문은 꿈을 이뤘으니 조금은 게으름을 피울 만도 한데 외교관이 돼서 직급이 올라가도 그는 게으름을 피울 줄 몰랐다. 열심히 공부했던 것 이상으로 일을 했다. 가장 먼저 출근해 일을 시작했고 밤낮을 가리지 않고 일에 매진했다. 외교관이 되기까지 그래 왔듯이 그냥 '지금 할 수 있는 일을 할 뿐'이었다. 그는 학창 시절 공부가 무척 재미있어 밤을 새우며 공부했던 것처럼 정말 재미있어 죽겠다는 듯이 일을 했다. 급기야는 정말 일을 하다 죽을 뻔한 일도 있었다.

1980년 국제연합 담당 과장으로 일할 때였다. 비동맹권에 대한 교섭이 한창이었다. 비동맹권이란 미국 중심의 자본주의 진영과 소련 중심의 공산권 진영 그 어느 쪽에도 속하지 않는 중립적인 국가들로 만들어진 세력권이다. 아시아와 아프리카 국가를 중심으로 당시 120여 개 회원국으로 늘어날 정도로 막대한 세력을 형성하고 있어서 우리나라로서는 그들과의 관계가 매우 중요했다. 반기문은 비동맹권의 대표 국가인 인도로 출장을 다녀온 후 두통과 오한, 고열로 도무지 일을 할 수 없었다. 장티푸스에 걸린 것이었다. 직원들은 빨리 병원에 가라고 성화였지만 반기문은 그럴 수가 없었다.

"과장님, 그러다가 큰일 납니다. 일보다 몸이 먼저죠. 어서 병원

가세요."

"괜찮아요. 출장 다녀온 건 정리하고 가야 하니까, 조금만 참아보죠."

일을 하면서 겨우 짜내는 듯한 목소리로 대답했다. 대답하기도 힘들 정도로 아팠던 것이다. 치료시기를 놓치면 합병증으로 더 고생하고 사망할 수도 있는 위험한 병이란 것을 잘 알고 있었는데도 그는 끝내 일을 마치고 가려고 했다. 하지만 오래 버티지 못하고 쓰러져 병원에 입원했다. 미련할 정도로 열심히 하는 것밖에 모르는 사람이었다.

반기문은 해외 출장을 다닐 때 반드시 무박을 넣어 일정을 잡았다. 3박 5일, 6박 8일 등으로 계획을 세웠다. 비행기 안에서 잠을 자시간과 숙박비 등을 아끼려고 하루, 이틀은 무박으로 잡는 것이었다. 그렇다고 비행기에서 잠을 충분하게 자느냐고 하면 그것도 아니었다. 잠깐 눈을 붙이는 수준에서 잠을 청하는 것이 전부고 나머지 시간은 일을 했다.

광고나 영화를 보면 비행기를 타고 노트북이나 서류를 보면서 일하는 장면이 있는데 사실 그런 상황은 드물다. 시내에서 공항으로 이동하랴, 짐 부치랴 출국 수속을 하다 보면 2~3시간이 훌쩍 흐르고 몸은 지치게 마련이다. 그래서 대부분의 사람들은 비행기에 타선 기운이 빠져 잠을 청하거나 비행기에서 틀어주는 영화를 보거나 음악을 듣곤 한다.

하지만 외교관 반기문은 비행 시간을 활용해 출장을 가서 해야 할 일들을 점검하거나 만나야 할 사람과의 대화 내용을 확인하는 등 끊임없이 일정과 업무를 점검했다. 그야말로 말도 안 되는 영화 속 인물처럼 신 나게 일을 하는 것이다.

외교부 장관으로 2006년 9월 노무현 대통령을 따라 유럽과 미국을 순방했을 때는 24박 26일이라는 출장 기록을 세우기도 했다. 대통령과의 스케줄을 마치고 바로 유엔 총회에 참석해 유엔 사무총장 선거운동을 해야 했던 때였다. 비행기를 수십 번 연달아 타야 하는 일정이었고, 하루 이틀은 아예 비행기에서 잠도 자지 않고 일을 하면서 보냈다는 것이다. 이런 경우 아무리 수행원과 비서가 따라붙는다 해도 개인이 스스로 싸고 풀어야 할 짐이 적지 않았다. 그리고 한 번 이동할 때마다 시차가 바뀌니 몸이 견뎌내기 쉽지 않았다.

시차 적응 스트레스로 쥐를 가지고 실험한 결과가 있는데, 6시간의 시차를 지속적으로 겪게 하면서 8주 동안 실험을 했다. 그랬더니 쥐의 생존율이 3분의 1가량 떨어졌다고 한다. 시차 적응의 스트레스가 얼마나 강한지를 단적으로 알려주는 실험 결과였다. 그런데도 반기문 총장은 비행기에 타면 업무를 시작했다. 당연히 그와 함께 출장을 떠나는 직원들은 그가 일하는 데 보조를 맞추다 파김치가 되어버리곤 했다.

그렇다고 그가 아래 직원들을 일부러 피곤하게 한 것은 아니었다. 외교통상부 차관(2000년) 시절에는 하루도 쉬지 않고 출근해 일한 것으로 유명한데, 주말에 자신이 출근한 것을 알면 아래 사람들도 덩달아 나올 것 같아 조용히 사무실을 드나들었다.

어릴 때부터 시간을 그냥 흘려버리지 않았던 습관도 있었지만, 일과 외교관이라는 직업에 대한 열정과 사랑이 없다면 불가능한 일이었다.

반기문이 외교통상부 장관으로 재직한 2년 10개월 동안 방문한 국가는 모두 111개국이나 된다. 해외 출장 357일, 재직 기간 3분의 1을 해외에서 보낸 것이다. 외교부 장관 회담만 374회, 기자회견은 이루 헤아릴 수 없다. 이것은 대한민국 외교부 장관으로서 전무후무한 기록으로 남았다.

눈물을 흘릴 수밖에 없는
외교관으로서의 삶

외교관이라고 하면 흔히 연미복을 차려입고 와인잔을 든 채 근사한 사교 파티에 가는 것을 연상하곤 한다. 하지만 외교 일선의 현실은 그렇지 않다. 외교관은 총과 칼 대신 말로 전쟁을 하는 투사이기 때문이다. 외국 생활은 흔히 유랑생활에 비유된다. 생전 처음 가보는 낯선 나라에서 생활해야 하고 겨우 자리 잡을 만하면 떠나야 한다. 몇 년 만에 돌아가는 조국은 또 얼마나 낯선가. 한국에서 일을 해도 그렇다. 일을 열심히 하기도 했지만 외교관이다 보니 해외 근무도 많고 출장도 워낙 많아 고향에 자주 갈 수가 없었다. 부모님에게 전화를 자주 드리긴 해도 직접 뵙지 못하니 늘 마음에 걸렸다.

1991년 12월 반기문은 미주 국장으로 판문점에서 열리는 북한과의 '한반도 비핵화 공동선언' 협상에 참여하고 있었다. 6·25전쟁 이후 표면적으로 한반도는 평화로워 보였지만 종전이 아니라 정전 상태로 언제든지 불행한 사태가 벌어질 수 있었다. 거기다 북한은 지금도 그렇지만 국제사회의 지원을 받기 위해 또는 체제의 안전을 보장받기 위해 종종 핵무기 개발을 위협 수단으로 사용했다.

크건 작건 북한이 한 번씩 핵무기를 언급할 때마다 한반도를 포함한 아시아는 물론이고 전세계의 안전과 평화가 흔들렸다. 비핵화 공동선언은 남한도 북한도 한반도에서 핵무기를 개발하지 않겠다는 약속을 하는 것이었다. 국가적으로도 중대했지만 세계의 이목이 집중되는 사안이었다.

협상장에서 오고가는 대화들은 유쾌한 것이 아니었다. 목적은 같더라도 서로 얻을 수 있는 것, 줄 수 있는 것 사이에서 줄다리기를 하는 일은 늘 해왔던 것이라도 신경을 예민하게 했다. 북한과의 대화는 쉽지 않았다. 잠깐의 휴식 시간이 생겨 협상장 밖으로 나와 숨을 돌리며 사안들을 검토하고 있을 때였다. 잔뜩 그늘진 표정으로 보좌관 한 명이 급하게 다가왔다. 보좌관은 차마 입이 떨어지지 않는지 말을 꺼내지 못했다.

반기문의 아버지가 교통사고로 갑자기 돌아가셨다는 것이다. 머리가 멍해졌다. 귀에서 '윙' 하는 소리가 들렸다. '아버지가 돌아가셨다.'는 소리가 무슨 말인지 알아들을 수가 없었다. 하지만 바로 협상장으로 돌아가야 했다. 협상에서 오고 가는 말, 단어 하나하나에 집중하지 않으면 안 되는 상황이었다. 이가 저절로 '악' 하고 물어졌다. 눈에서 눈물이 뿜어져 나올 것 같았기 때문이었다. 몇 시간이 흐른 후에야 협상은 일단락 되었다.

반기문은 아버지의 빈소가 있는 충주로 향했다. 빈소에 도착하자 눈물이 쏟아졌다. 언제나 무엇보다도 나랏일이 먼저였다. 소중한 사람들을 제대로 돌보지 못하고, 만나지 못하는 자신의 처지가 원망스러웠다. 아버지가 운명하는 자리에 있지 못한 것도 불효인데, 부음 소식을 듣고도 바로 갈 수 없다니 세상에 이런 불효막심한 일이 어디 있단 말인가.

건강했던 아버지는 여느 때처럼 자전거를 타고 집으로 돌아오는 길에 차에 치였는데 그것도 뺑소니 사고였다. 범인도 못 잡고 장례를 치렀다. 조문을 온 친구에게 그는 회한을 털어놨다.

"지금 이 순간은 외교관이 된 것이 너무도 후회가 되는구먼. 소중한 것을 너무도 많이 잃었어. 외국으로 떠돌다보니 친구도 많이 잃었고 친척들도 하나도 못 챙겼어. 이제 아버지까지 돌아가셨으니."

그는 말을 잇지 못하고 다시 눈물을 흘렸다.

장례가 끝나고 얼마 지나지 않아 뺑소니범을 잡았다. 그런데 잡고 보니 너무도 기가 막혔다. 사고 직후 아버지를 병원으로 데리고 온 사람이었던 것이다. 그는 길바닥에 쓰러져 있는 아버지를 태워 오느라고 뒷좌석에 피가 묻었다면서 세차비까지 받아 갔던 작자였다. 고맙다고 인사하는 식구들에게 "쓰러져 있는 사람이 딱해서."라고 했었는데 새빨간 거짓말이었다.

가족이며 친척들은 경악을 금치 못했다. 아무리 무거운 벌을 준대도 분이 풀리지 않을 터였다. 그런데 어머니가 그 사람을 용서해주자고 했다.

"어머니! 그런 놈을 어떻게 그냥 둡니까? 절대 안 돼요."

"아니다. 그런다고 아버지가 살아 돌아오시냐? 아버지가 살아 계셨으면 어떻게 하셨을지를 생각해 보거라."

반기문의 형제들은 할 말을 잃었다. 서로의 눈을 쳐다봤다. 아버지가 어떻게 살아왔던 분이던가. 눈물은 멈추지 않았고 분이 삭지 않았지만 범인을 용서하는 쪽으로 마음을 바꿀 수밖에 없었다. 아버지는 용서하고도 남을 분이기 때문이었다.

장모님이 돌아가셨을 때도 그는 곁에서 지키지 못했다. 2006년 4월 장관으로서 유럽 6개국을 순방했는데, 마지막 순방지인 이탈리아에 있던 그에게 서울에서 전화가 왔다. 장모님이 돌아가셨다는 소식이었다. 장모님은 누구보다 외교관으로서의 격무를 잘 이해해준 분이었다. 그런 장모님을 더는 뵐 수 없다는 게 가슴이 무너지도록 아팠다.

결혼하기 전 장모님은 반기문 내외를 앉혀놓고 이런 말을 했다.

"모름지기 남자가 해 지기 전에 집에 오는 것은 직업이 없거나 큰 병을 앓고 있을 때 둘 중의 하나이니 반 서방이 집에 늦게 들어오는 것에 대해 뭐라 하지 마라."

해외로 떠돌아야 하는 직업을 가진 사위를 만나 혹시라도 딸이 고생할까 걱정을 늘어놓으실 줄 알았는데 뜻밖의 말씀이었다. 덕분에 외교관으로 해외를 떠도는 동안에도 장모님만 생각하면 언제나 마음이 든든했다.

빨리 한국으로 돌아가 늦게나마 장모님의 마지막 모습을 뵙고 상을 치러야 한다는 마음이 굴뚝같았다. 그런데 한국행 비행기가 이륙한 지 얼마 되지 않았을 때 보좌관이 자리로 찾아왔다.

"장관님, 비행기에 탄 대학생 한 명이 의식을 잃고 쓰러졌습니다. 일단 안정은 시켜놨는데 상태가 좋지 않습니다."

"그래? 무엇보다 사람 목숨이 중요하지. 얼른 조종사에게 돌아갈 수 있는지 알아보세요."

기장은 반기문의 전갈을 받고 회항을 결정했다. 체코의 프라하에 가까운 공항이 있어 그리로 향했다. 비행기가 뜰 때는 기름을 가득 싣고 이륙한다. 하지만 착륙할 때는 기름 탱크를 가볍게 비워야 한다. 기장은 공중에 기름을 흩뿌리기 시작했다. 무려 1천만 원어치였다. 반기문은 보좌관을 불렀다.

"그 학생 빨리 치료받아야 하지 않겠나. 체코 대사관으로 전화해

구급차를 준비하라고 하세요."

비행기는 1시간 만에 프라하 공항에 도착했다. 쓰러진 학생은 대기 중인 구급차에 실려 바로 병원으로 이송됐다. 비행기는 프라하 공항에서 급유를 하고 다시 출발했다. 하지만 안타깝게도 그 학생은 결국 숨지고 말았다. 반기문은 해외에서 우리나라 사람들이 변을 당하거나 생명을 잃었을 때 견딜 수 없이 참담해했다. 해외에 있는 한국인들의 안전을 보호하고 지켜줘야 한다는 책임감 때문이었다. 그중에서도 김선일 납치·피살 사건은 그에게 가장 고통스러운 것이었다.

2001년 차관에서 퇴진했다가 2004년 장관으로 취임했을 때였다. 이라크전(미국의 9·11테러에 대한 응징과 이라크 국민의 자유를 위한다는 명분으로 미국과 영국 등 연합군대가 후세인 이라크 정부를 상대로 2003년에 벌인 전쟁)으로 중동 일대는 매우 혼란스러웠다. 이슬람 무장 세력들의 반발로 전쟁이 끝난 뒤에도 군인들은 물론이고 수많은 민간인들까지 시가전과 테러로 죽어나가는 상황이었다. 우리나라 외교부는 이라크와 그 근방 국가에 거주하고 있던 우리나라 국민을 대피시켰고, 그 지역 쪽으로의 출국도 자제시켰다. 그런데 무역 회사에 근무하고 있던 김선일이라는 청년이 이라크에 남아 일을 하다가 그만 한 무장 단체에게 납치를 당한 것이었다. 외교부에서는 김선일을 구출하기 위해 백방으로 손을 썼지만 그는 끝내 무참히 살해되었다. 대한민국 전체가 충격의 도가니에 빠졌다. 게다가 사건의 전모가 드러나면서 외교부에서 사건 초기에 안일하게 대처했다는 사실이 드러났다. 국민은 외교부를 신랄하게 비판하기 시작했다. 엎친 데 덮친 격으로 그해 겨울에는 인도네시아 휴양지에서 '쓰나미'라고 불리는 지진해일 참사가 있었다. 휴가와 신혼여행을 떠났던 우리나라 사람들이 엄청나게 희생되었다. 외교부에 대한 불신은 날로 커졌다.

　외교부 장관으로서도 그랬지만 한 나라의 국민으로서도 너무 큰 상처였다. 자신의 능력이 한없이 부족하게 느껴졌다. 하지만 안타까운 감정으로 가슴만 짓누르고 있을 수는 없었다. 갈수록 해외로 나가는 국민은 늘어나는데 외교부 직원은 재외공관까지 모두 합쳐도 천여 명에 불과했다. 예산도 부족했다. 현실은 그렇더라도 마냥 손을 놓을 수는 없는 법이었다. 그는 긴급회의를 소집해 영사 서비스를 개선해야 한다고 목소리를 높였다. 그리고 몇 달 동안 계획해 영사 콜센터를 만들었다. 영사 콜센터는 해외에서 위급한 상황이 생겼을 때 전화로 대응 조치를 알려주거나 현지 영사관 등으로 바로 연결해 도움을 받을 수 있도록 하는 시스템이다. 해외에서 현지 영사관에 직접 도움을 청하면 좋지만 경황도 없거니와 해외 공관의 전화번호를 적어가지고 다니는 사람들은 거의 없다. 그래서 한국으로 전화를 하면 도움을 받을 수 있도록 한 조치였다. 이 영사 콜센터 제도는 좋은 아이디어로 소문이 나 다른 나라 외교부에서 배워가기도 하는 우수 사례로 꼽힌다.

불미스러운 퇴진
그리고 충격과 시련

예고하고 찾아오는 시련은 없지만 그의 시련은 정말 아무도 예측하지 못한 곳에서부터 찾아왔다. 2001년 2월 그가 외교부 차관을 맡고 있을 때였다. 당시 김대중 대통령과 블라디미르 푸틴 러시아 대통령이 정상회담을 했다. 두 대통령의 회담이 있기 몇 달 전부터 외교부에서는 밤을 새워가며 회담을 준비했다. 그런데 실수가 발생했다. 한국과 러시아가 회담에서 결의한 내용을 공동성명 형식으로 발표했는데, 거기에 우리 정부가 탄도탄 요격 미사일(ABM, Anti-Ballistic Missile) 조약을 지지하는 내용이 담겨 있었다.

탄도탄 요격 미사일 조약은 미국과 러시아가 핵전쟁을 예방한다는 명분으로 1970년대에 맺은 조약이다. 이 조약으로 미국과 러시아는 미사일 방어 시스템을 만들지 않고 미사일도 100개 이상 갖지 않겠다고 약속했다. 적군이 쏜 미사일을 공중에서 다른 미사일로 무력화시키는 요격 미사일 시스템을 원천적으로 제한하면 어느 한쪽이 보복공격을 당할 위험을 무릅쓰고 선제공격에 나서지 않을 것이라는 발상이었다. 하지만 미국은 2000년도에 들어서면서 북한, 이라크 등으로부터 공격을 받을 가능성이 높아져 이 조약에서 탈퇴하고 전미 미사일 방어 체제(NMD, National Missile Defence)를 발동하고 있었다. 문제는 우리가 ABM 조약을 지지한다는 것이 미국의 NMD 체제를 반대하는 것으로 해석될 수 있다는 것이었다. 〈뉴욕 타임스 *NEW YORK TIMES*〉 등 미국 언론은 한국이 러시아와 손잡고 미국에 등을 돌렸다며 일제히 비난했다. 정부의 뜻은 그게 아니었지만 오해의 여지는 충분했다. 공동선언문 작성 당시의 국제정치 상황을 고려해 좀 더 꼼꼼히 살펴봤어야 했다.

김대중 대통령은 부랴부랴 미국의 부시 대통령을 만나 이 문제에 대해 강도 높은 사과를 해야 했다. 그리고 책임을 묻는 인사 조치도 취해야 했다. 한미 관계가 아무 이상 없다는 것을 보여주기 위해서였다. 정부에서는 희생양으로 반기문을 선택하고 그를 퇴임시켰다. 상황을 책임지는 것이 도리라고 생각했지만 누구보다 열심히 일했고 언제나 자신보다 일이 우선이었던 사람이었다. 그렇기에 충격이 적지 않았다.

"지난 31년 동안 나를 위해 단 한 시간도 써본 적이 없는데…… 죽고 싶다."

불미스러운 퇴진이었기에 그는 착잡한 심경을 감추지 못했다.

인생의 언덕에서
내려가야 할 때

차관에서 물러나자 그야말로 백수가 되었다. 가깝게 지내는 고향

선배가 지하철 정기권을 사주었다. 이제 백수니까 지하철을 타고 다니라는 뜻이었다. 지하철 정기권에는 모든 것을 긍정적으로 받아들이라는 뜻도 담겨 있었다. 그런 선배의 깊은 뜻은 고마웠지만 기분은 묘했다. 당장 의료보험증도 사라졌다. 의료보험 혜택을 받기 위해 아들의 부양가족으로 등록을 했다.

인생이라는 게 살다보면 힘든 일, 어려운 일이 닥치게 마련이지만 정말 받아들이기 힘들었다. 자긍심을 갖고 걸어온 공직자의 길을 한 번의 실수로 불명예스럽게 물러나야 하다니 억울했다. 누군가 책임을 져야만 매듭지어지는 일이라는 것을 알았지만 심적인 고통은 이루 말할 수가 없었다. 누구도 만나고 싶지 않았다. 그러나 조금 시간이 흐르자 그게 아닌 듯했다. 자신에게 큰 자산이 있음이 떠올랐다. 평생의 멘토 노신영을 찾았다.

"여보게, 인생이라는 게 말이지. 힘겹게 올라가야 하는 언덕도 있고 또 내려가야 하는 굴곡이 있고 그럴 수밖에 없어. 그리고 큰 사람일수록 그런 게 있게 마련이야. 자넨 지금 많이 억울하겠지만 이건 자네 인생에서 끝이 아니니 너무 억울해하지 말게나. 문제는 이렇게 내려와 있을 때 더 잘살아야 한다는 점이야. 높은 곳에 있을 때, 잘 나갈 때는 모두들 잘사는 법을 알고 있지. 그러나 이렇게 내려와 있을 때 어떻게 하느냐가 사람의 크기를 결정하는 법이라네."

반기문은 노신영의 말을 담담히 들었다. 노신영을 찾기 전에 그는 평생 바쳐왔던 외교가를 떠나 다른 일을 찾으려 했었다. 그런데 노신영의 이야기를 들으면서 생각을 바꾸기로 했다. '내 잘못으로 떠난 게 아니니 언젠가 다시 때가 오리라.'는 생각이 들었다. 억울한 생각은 이제 그만 버리기로 하고 외교안보연구원에 방 하나를 얻었다. 연구를 하며 때를 기다리기로 작정한 것이다.

그로부터 딱 4개월 뒤 한승수 외교부 장관(30대, 2001년~2002년)에게서 연락이 왔다. 한승수가 미국 대사를 하던 시절 그가 공사로 일했던 인연이 있었다. 한승수 역시 일 잘하던 부하 반기문을 많이 아껴주었고 그가 불명예스럽게 공직을 떠난 일을 대단히 안타까워하던 중이었다.

"내가 유엔 총회 의장으로 가야 하는데 자네가 의장 비서실장을 좀 맡아주게. 아무래도 내가 외교부 장관직을 같이 수행하다 보면 유엔을 비울 일이 많은데 그 자리를 자네에게 맡겨놓으면 내가 얼마나 안심이 되겠나?"

자신을 잊지 않고 불러주니 감사하기는 했지만 단번에 결정할 수 없는 일이었다. 유엔 총회 의장 비서실장은 보통 국장급이 가야 하는 자리라서 차관까지 지낸 그로서 직급을 한참 낮춰 가야 하는 것이기 때문이었다. 한승수도 미안해했다.

"오랫동안 차관을 지낸 사람한테 국장급 자리에 불러들이려 한다고 언짢게 생각하지 말게나. 내가 그런 생각 안 해본 건 아니나 지금 자네는 한국을 떠나서 일하는 게 좋을 것 같네. 사람들이 하는 이런저런 말에 신경 쓰지 말고 나를 믿고 한번 따라나서 보게나."

반기문은 그 제안을 받아들이기로 결정했다. 한승수의 말대로 이런저런 사람들의 뒷말에 신경 쓰지 않고 새롭게 시작하기로 마음먹었다.

반기문은 스스로 이런 말을 자주 하곤 했다. "나는 탁월한 사람이 아니다. 어떤 자리를 바라고 일하지도 않는다. 내게 주어진 일에 최선을 다할 뿐이다."

진인사대천명(盡人事待天命), 일단 사람으로서 할 수 있는 일을 다하고 나서 하늘의 뜻을 기다려보기로 한 것이다.

06

순수한 마음이
좋은 결과를
맺게 한다

'끝'이라 하지 말고
'다시 시작'이라고 외쳐라

한승수 장관의 유엔 총회 의장 비서실장으로 유엔에서 새롭게 시작한 반기문은 대단한 열정으로 일했다. 유엔 총회 의장의 중요한 임무 중 하나는 각 회원국들의 의견을 수렴하는 것이다. 반기문의 경우 차관까지 지낸 인맥 넓은 외교관이었기에 영향력도 컸다. 각국의 대사들과 직접 일을 풀어갈 수 있는 능력이 있다 보니 일의 효율성도 높았고 의사결정도 빨랐으며 추진력도 좋았다. 반기문은 외교부에서와 마찬가지로 유엔 사무국에서 일 잘하는 사람으로 평가를 받게 되었다.

어느 날 유엔에서 아동 권리에 관한 국제회의가 있었다. 그런데 아랍권에서 절차상의 실수를 문제 삼아 이스라엘의 참석을 반대했다. 전통적으로 아랍권은 기회가 있을 때마다 이스라엘을 국제 무대에서 배척하려고 했고 이스라엘도 마찬가지였다. 이스라엘과 매우 긴밀한 관계인 미국은 이스라엘도 넣어주라고 유엔 총회 의장을 압박했다. 그런데도 아랍권에서는 '이스라엘이 참석하면 우리가 나가지 않겠다.'며 으름장을 놓았다. 반기문은 아랍 회원국들을 일일이 찾아다니며 설득했다. 말이야 쉽지 각국의 담당자를 만나 그들을 설득하는 것은 쉬운 일이 아니었다.

"이번 회의는 정치적 목적에서 여는 것이 아닙니다. 순수하게 어린이들의 권리를 위한 것이니 절차상 실수는 더 문제 삼지 맙시다. 어린이들마저 혼탁한 어른들의 정치에 끼워넣어야 하겠습니까?"

그는 회의의 목적을 상기시키면서 아랍권 대표들이 두 손 두 발 다 들게 만들었다. 아랍권도 그의 열정에 감복했지만 이스라엘 또한 이 일로 반기문을 대단히 열정적이고 추진력이 강한 사람으로 평가하게 되었다.

그는 국제무대에서 소외된 중동과 아프리카 국가들에도 많은 관심을 기울였다. 특히 국제정치에 있어 팔레스타인 문제는 아주 민감한 사안이다. 다른 국가들은 일이 복잡해질까 가까이 하기를 꺼려했지만 반기문은 달랐다. 유엔에 주재하는 팔레스타인 대표와도 자주 만나 그의 진심을 들어주고 수시로 격려했다. 반기문은 한국에서도 그랬지만 국제사회에서도 적이 없는 '진짜 외교관'으로 통했다. 신기하게도 그 모든 인연이 나중에 차례차례 그에게 큰 도움이 되었다.

반기문은 대한민국 외교부 장관으로는 최초로 팔레스타인과 이스라엘을 동시에 방문하게 됐다. 국제정세상 팔레스타인에 가기 위해서는 갈등 관계인 이스라엘의 동향을 살펴야 한다. 거꾸로 이스라엘에 가려면 팔레스타인은 물론 중동 산유국들의 눈치를 봐야 한다. 그 때문에 쉽게 발걸음을 움직이지 못하곤 했지만 반기문은 달랐다. 유엔에서 쌓아놓은 친분으로 양쪽 나라의 양해를 모두 얻을 수 있었다.

그가 유엔에서 늘 따뜻하게 대해주었던 외교관은 팔레스타인 외교부 장관이 되어 있었고, 이스라엘을 방문했을 때는 과거 유엔에서 도움을 준 것에 대해 감사 인사를 받기도 했다. 사실 반기문이 유엔 총회 의장 비서실장을 할 때는 무슨 의도가 있어서 열정적으로 일을 수행해낸 것이 아니었다. 그저 한국에서 하던 대로 했을 뿐이다. 어쩌면 어떠한 계산 없이 순수한 마음으로 일을 열심히 하다 보면 좋은 결과를 맺게 되는 것, 바로 이것이 인생의 이치가 아닌가 한다. 이때 맺은 모든 인연이 훗날 그가 유엔 사무총장으로 선출되는 데 큰 역할을 하게 된다.

인생지사 새옹지마라 하지 않던가. 유엔에서의 활동을 마친 후 다시 외교관으로 복귀할 수 있었다. 그는 2004년 대한민국 외교관이라면 누구나 꿈꾸는 최고 직책인 외교통상부 장관으로 임명되었다.

대한민국 외교관에서 세계의 대통령으로

SG 워너비 프로젝트

2005년부터 외교가에서는 차기 유엔 사무총장을 우리나라에서 내보자는 이야기가 흘러나왔다. 정부도 적극적이었다. 한국인 유엔 사무총장이 나오게 되면 앞으로 10년간 국제정치적으로 예민한 한반도 문제를 유리하게 끌고 갈 수 있다는 판단에서였다. 정부는 사무총장 후보로 30년이 넘는 외교관 생활과 유엔에서의 실무경험으로 국제사회에서 입지가 탄탄한 반기문 외교부 장관을 공식후보로 선정했다. 그때부터 외교부 직원들과 외교부 출입 기자들 사이에서는 'SG 워너비 프로젝트'라는 말이 자주 입에 오르내렸다.

'SG 워너비'는 인기 있는 남성 보컬 그룹의 이름이기도 한데 미국의 듀엣인 사이먼 앤 가펑클처럼 되고 싶다(wannabe)는 의미를 담고 있다. 하지만 외교부와 외교부를 출입하는 기자들이 사용하는 뜻은 달랐다. SG란 '사무총장(Secretary General)'의 약자로 '유엔 사무총장이 되고 싶은 사람', 곧 '반기문 외교통상부 장관'을 뜻했다.

우리 정부는 후보를 결정하고 3개월짜리 엠바고(Embargo)를 요청했다. 엠바고란 단어는 수출금지조치, 언론보도통제라는 뜻이 있다. 기자들이 사용하는 엠바고라는 용어는 취재는 하되, 정해놓은 일정 시점까지 보도를 하지 않는다는 서로의 약속을 의미한다. 사실을 아직 터트리지 마라는 것이었다. 하지만 꼭 욕심이 앞서 엠바고를 깨는 기자들이 나온다. 한 언론사의 기자가 교묘한 방식으로 엠바고를 깼다. 유엔 사무총장 후보결정 사실을 간접적으로 흘린 것이다. 하지만 외교부는 국익이 달린 문제라며 엠바고를 끝까지 지켜줄 것을 수시로 요청했다. 기자들은 '그래, 한번 잘 해낼 수 있도록 지켜보자.'는 심정으로 3개월을 기다렸다.

엠바고가 풀릴 시점인 2005년 12월, 우리 정부는 또다시 언론사 기자들에게 엠바고를 요청한다. 이번에는 2개월짜리였다. 당연히 외교부 기자실에서는 "아니 언론사들이 정부 방침에 일방적으로 끌려다녀야 하는 거요?"라는 반발의 목소리가 나오기 시작했다. 게다가 이렇게 비밀리에 진행되는 선거운동 방식에 대해 회의적인 기자들도 적지 않았다.

"후보를 먼저 세계만방에 알리고 열심히 뛰어다녀도 될까 말까일 텐데 그렇게 비밀리에 움직여서 어디 되겠어요?"

사실 그때만 해도 기자들은 물론 일을 추진하는 정부 실무자들도 정말 우리나라에서 유엔 사무총장이 배출될 것이라는 기대감은 크지 않았다. 몇몇 언론사들이 이제는 더 기다릴 수 없으니 기사를 내보내야겠다고 했다.

사실 이같은 엠바고 요청은 치밀한 전략과 계획에 따라 이루어진 것이었다. 언론에 공표하기 전에 사전 선거운동을 하는 것이 더 효과적이라는 전략적 판단에 따른 것이다. 언론을 통해 다 알려지기 전에 좀 더 친밀한 자리를 마련해 의논을 하거나 자문을 구하는 방식을 택한 것이다. 공식적으로 출마 선언을 하기에 앞서 선출권이 있는 사람에게 '제가 이번 선거에 나가려고 하는데 괜찮겠습니까?' '제가 이번에 출마해 이런저런 일을 해보고자 하는데 어떻게 생각하십니까?'라고 물으면 겸손하고 신중한 이미지를 만들 수도 있고, 상대방은 자신에게 의견을 물어오니 존중받고 있다는 기분을 느낄 수 있다. 그러니 언론에 먼저 다 발표한 다음에 "이번 선거에 내가 출마한 거 잘 알죠? 그러니 무조건 좀 도와주시죠."라고 하는 것보다 훨씬 효과적인 방법이다. 이런 선거운동 전략은 다분히 반기문의 타고난 성품과 같은 것이었다. 하지만 겸손하면서도 치열한 그의 기질을 닮은 선거 전략이 국제무대에서도 통할지는 아무도 알 수 없었다.

2006년 2월 14일, 드디어 엠바고가 종료됐다. 반기문은 방송 카메라 앞에서 결연한 표정으로 출사표를 읽어 내려갔다.

"제가 오늘 차기 유엔 사무총장 후보로 나섰습니다. 유엔과 함께 수립된 대한민국 정부는 그동안 유엔이 추구하는 목표를 성취한 모범적인 국가로 발전해왔다고 생각합니다. 대한민국은 이제 신장된 국력과 국제사회의 지지에 힘입어 유엔에 기여하고자 합니다. 저는 유엔 사무총장 후보로 추천받은 것을 겸허한 마음으로 받아들입니다. 앞으로 국민 여러분과 유엔 회원국을 비롯한 국제사회의 지지와 성원을 당부합니다."

정부는 외교 경로를 통해 북한에도 반기문의 유엔 사무총장 출마를 알렸다. 한국인 유엔 사무총장이 배출된다면 한반도 평화 정착에도 긍정적인 효과가 기대되기 때문에 관심을 가져달라는 뜻이었다. 북한은 별다른 반응을 보이지 않았다. 그것은 암묵적인 동의로 해석됐다.

국회에도 직접 찾아가 지원을 당부했다. 현직 장관이라는 신분 때문이었다. 혹시 선거 전략상 중대한 시점에서 자칫 야당 의원들이 부정적인 시각으로 흔들어대기라도 하면 전체적인 계획에 차질을 빚을 수도 있기에 그러한 사태를 미리 막아놓기 위함이었다. 국회의원들은 국가적으로 중요한 프로젝트이니 만큼 여야를 막론하고 끝까지 변함없는 지지를 약속했다.

본격적인 선거운동에 돌입했다. 유엔 사무총장을 선출하는 권리를 가진 나라는 유엔 안전보장이사회(안보리) 회원국이다. 안보리 회원국은 상임이사국 5개 나라(미국, 러시아, 영국, 중국, 프랑스)와 비상임이사국 10개 나라(비상임 이사국의 임기는 2년으로 돌아가면서 한다)다. 반기문은 이 나라에만 집중적으로 선거운동을 벌이지 않고 유엔에 소속된 회원국을 모두 아군으로 만들겠다는 목표를 세우고 전방위적으로 접근하기로 결정했다. 저인망식 선거운동에 들어간 것이다. 그때부터 반기문 후보는 초인적인 일정을 소화해내야 했다. 그 엄청난 일을 잘 소화해낼 수 있을까 많은 사람들이 우려했지만 바닥부터 탄탄히 쌓아 올라온 그의 역량은 그 엄청난 일을 충분히 해낼 수 있었다.

1차 예비투표

유엔 사무총장을 뽑는 선거는 좀 독특하다. 원래 투표가 있기 전에 스트로 폴(Straw Poll)이라고 불리는 예비투표(비공식투표)가 두 차례 있다. 스트로 폴이란 이름은 모자 속에 넣어둔 지푸라기(straw)를 하나씩 뽑아 결정하는 투표(poll)방식 또는 지푸라기가 날아가는 것을 보고 바람의 방향을 알 수 있다고 해서 붙은 이름인데, 이 투표에는 유엔 안전보장이사회 소속 15개 국가가 참여한다. 비공식 예비투표는 2단계로 나뉜다. 첫 번째 단계는 상임이사국과 비상임이사국들이 같은 투표용지를 사용하는 것이다. 투표는 투표용지에 선호(Encourage), 비선호(Discourage), 기권을 의미하는 미정(No Opinion) 세 가지 중 하나를 기입하는 방식이다. 투표 후 결과는 해당 국가와 후보에게만 알려주는데, 이때 누가 가장 많은 표를 얻었는지, 누가 가장 적은 표를 얻었는지는 알려주지만 어느 나라가 누구에게 투표했는지는 비밀이다.

두 번째 단계는 상임이사국과 비상임이사국이 색깔이 다른 투표용지에 투표를 한다. 그리고 찬성(Favor), 반대(Against), 기권(Abstention) 중 하나를 표시한다. 이때부터는 상임이사국의 영향력이 확연히 드러난다. 상임이사국들은 '비토'라고 불리는 거부권을 행사할 수 있기 때문이다. 투표한 나라 중 14개국이 찬성을 해도 상임이사국 중 한 나라만 반대하면 다시 투표해야 한다. 두 번째 단계에서는 비공식적이기는 하지만 어느 나라가 찬성을 했는지 반대를 했는지 짐작할 수 있다. 따라서 상임이사국의 반대가 없이 9표 이상 찬성을 얻는 후보가 나올 때까지 투표는 계속된다. 원칙은 만장일치가 나올 때까지다. 그래서 선거 때도 후보들은 애간장을 태우면서 결과를 기다려야 한다.

8대 유엔 사무총장을 뽑는 1차 예비투표는 2006년 7월에 실시됐다. 투표 전날까지만 해도 해외에서는 물론 국내 언론조차도 반기문 후보를 주목하지 않았다. 워낙 엄청난 자리이고 그동안 외교부가 보여준 태도 역시 자신감과는 거리가 있었기 때문이다. 뉴욕 시간으로 오전 10시, 한국 시간으로는 밤 11시에 투표가 실시되었다. 그 결과 반기문 후보가 1위였다. 의외의 결과였다. 유엔에 나가 있는 특파원들을 통해 그 결과는 곧 세계 여러 나라로 전해졌다. 15개 유엔 안전보장 이사회 회원국 중 13개 나라가 반기문 후보에 대한 지지를 표명했다. 반대가 1표, 기권이 1표가 나왔다. 2위인 인도의 샤시 타루르 후보보다 2표가 앞선 것이었다. 한국 언론이 먼저 들끓기 시작했다. 방송사는 긴급 뉴스로 내보냈고, 신문사는 1면 기사로 내보냈다. 하지만 갈 길은 멀었다. 반대표를 던진 나라가 어느 나라인가가 매우 중요했다. 만약 상임이사국 중 한 나라만 반대한다고 해도 사무총장이 될 수 없기 때문이다. 7대 유엔 사무총장인 코피 아난도 한동안 프랑스가 반대하는 바람에 상당히 애를 먹었었다. 결국 다른 나라들의 설득으로 프랑스가 반대 의사를 거둬들여 겨우 사무총장이 된 사연이 있었다.

어찌됐건 예비투표이긴 하지만 그래도 1위가 됐다는 건 상당히 긍정적인 신호였다. 그런데 2차 예비투표를 앞두고 새로운 후보가 나타났다. 요르단의 왕자이면서 유엔 대사를 하고 있던 자이드였다. 자이드는 국제형사재판소(ICC)와 유엔 평화유지군(PKO)활동에 적극적으로 참여해온 인물이다. 요르단은 중동 국가였지만 유엔에서는 아시아 그룹으로 분류된다. 정부가 우려했던 것도 이런 후발주자, 이른바 다크호스의 등장이었다.

새로운 후보가 나타났으니 다시 처음부터 투표를 시작해야 했다. 외국 언론들은 자이드의 등장을 큰 변수로 평가했다. 1차 투표 결과의 의미를 반감시키는 분위기의 보도들이 이어졌다. 반기문은 그러한 언론의 시각에 매우 섭섭하면서도 불안한 느낌을 받았다. 곧 외교부 장관 특별보좌관을 통해 긴급 브리핑을 열었다.

"우리 정부는 계속 차분히 선거운동을 하겠습니다. 앞으로도 추가 후보가 더 나올 것입니다. 다른 후보들에 대해서는 평가하지 않겠습니다. 다만 선의의 경쟁을 위해 최선을 다하겠습니다."

조심스러운 어법이었지만 여전히 해볼 만하다는 의지를 보여주었다. 우리 정부는 일단 유리한 고지를 차지했다는 판단하에 선거운동을 계속해 나갔다. 그가 2001년 한승수 장관을 따라 들어간 유엔에서 총회 의장 비서실장을 하면서 맺어온 크고 작은 인연이 유엔 사무총장 선거에서도 상당한 힘이 되어주었다. 성실하고 열정적인 그의 일솜씨를 모든 나라 유엔 대사들이 기억하고 있었다. 반기문과 일을 했던 사람들은 그가 유엔 사무총장이 되는 것을 모두 긍정적으로 생각했다. 게다가 그때 인연을 맺은 상당수의 사람들이 각 국가의 외교부 장관이 되어 있었고 영향력도 상당히 커진 상태였다. 당연히 그들의 보이지 않는 후원이 그에게 엄청난 힘이 되었다. 특히 투표권을 가지고 있는 카타르, 콩고, 탄자니아가 포함된 아프리카와 중동의 지지는 대단했다. 그가 외교부에서 일하면서 중동과 아프리카와의 외교에 힘쓴 결과가 그렇게 돌아오는 것이었다. 힘든 일정이었지만, 갈수록 한번 해볼 만하다는 자신감이 생겼다.

2차, 3차 예비투표

2006년 9월 14일 예비투표가 다시 실시됐다. 이때부터 국내외를 막론하고 언론들의 관심이 상당히 커졌다. 이번에도 투표 결과는 금방 전해졌다. 1위 반기문은 찬성 14표, 반대 1표였다. 2위인 인도 출신의 샤시 타루르 유엔 사무차장은 찬성 10표, 반대 2표, 기권 3표였다. 자이드는 찬성 6표, 반대 4표, 기권 5표로 4위에 그쳤다. 무엇보다 자이드가 이번 선거에서 별다른 변수가 되지 않는다는 것이 입증됐다는 점에서 의미있었다. 이제는 정말 당선되는 게 아니냐는 기대감이 흘러나왔다. 하지만 외교부는 여전히 조심스러웠다.

2차 예비투표 날짜가 2주 뒤로 잡혔다. 이제 선거운동 전략을 상임이사국과 비상임이사국을 차별해 진행해야 한다는 의견이 나왔다. 하지만 예비투표 48시간 전까지만 후보로 등록하면 선거에 끼어들 수 있는 규정이 여전히 변수였다. 예상대로 또 추가 후보가 나섰다. 이번에는 라트비아의 여성 대통령인 바이라 비케 프레이베르가까지 나섰다. 날로 신장하는 여성권 후보라는 점에서 심상치 않은 변수였다. 특히 처음으로 나온 비아시아권 후보라는 면에서 가볍게 볼 수 없었다. 당시 미국은 8대 유엔 사무총장 자리가 아시아의 순서라는 점을 선뜻 인정하지 않았다. 아시아권에서 내는 것보다는 능력이 되는 후보가 맡아야 한다는 논리를 내세웠으나, 미국의 속내는 이번에 동유럽 후보가 됐으면 하는 쪽이었다. 아프가니스탄의 아슈라프 가니 카불 대학교 총장도 새롭게 후보로 들어왔다. 하지만 별다른 주목을 받지 못하는 후보였다. 그래도 후보가 늘면 그만큼 선거가 치열해지는 법, 그러던 중 반기문에게 던진 반대표 하나가 영국에서 나왔다는 말이 흘러나왔다. 심각한 상황이 아닐 수 없었다. 상임이사국이 반대표를 던진다면 나머지 14개 국가가 아무리 지지한다고 해도 유엔 사무총장이 될 수가 없기 때문이다.

하지만 분위기는 이미 승리 쪽으로 잡혀가고 있었다. 세 번째 치러진 선거에서도 반기문은 찬성 13표, 반대 1표, 기권 1표로 여전히 1위였다. 2위인 타루르는 찬성표가 2표나 줄어들어 8표에 그쳤다. 의결 정족수인 9표를 넘은 후보는 이제 반기문뿐이었다. 반기문은 그제야 비로소 자신감을 내비치기 시작했다. 반기문 후보가 외교부 청사로 출근하는 길에 기자들이 진을 치고 있었다. 밝은 표정이었다.

"이번 투표 결과를 어떻게 보시나요?"

"찬성표가 하나 줄었습니다만 저와 다른 후보들 사이의 격차는 더 벌어졌습니다. 저에 대한 지지세가 견고하다는 걸 느낄 수 있었습니다."

반기문을 제외한 다른 후보들에게는 승산이 없는 싸움일 수 있었다. 세 번째 투표 결과 발표 직후 태국 출신 후보인 수라키앗이 사퇴했다. 7명까지 늘어났던 경쟁자가 한 명 줄었다. 그동안 한국인 후보에게 비우호적이었던 서방 언론들도 하나둘씩 반기문의 당선 가능성을 예측했다. 다음번 예비투표는 상임이사국과 비상임이사국을 구분한다는 방침이 섰다.

정부, 사무총장 선거에 올인하다

외교부에서 갑자기 예정에 없던 브리핑을 열었다.

"정부가 안전보장이사회 비상임이사국 진출을 연기하기로 했습니다. 유엔 사무총장 선거와 동시에 치른다는 것이 아무래도 무리라는 판단에 따른 것입니다."

2001년에 이미 우리나라는 2007년에 있을 안전보장이사회 비상임이사국 선거에 출마를 선언한 상태였다. 그런데 반기문을 유엔 사무총장으로 출마시킨 후 총력전을 펼쳐야 했기 때문에 포기할 수밖에 없었던 것이다. 사실상 '포기'를 애써 '연기'라고 강조하는 정부 실무자가 안쓰러웠다. 자칫 두 마리 토끼를 놓칠 수도 있다는 부담감 때문인지 정부는 매사에 조심스러웠다.

마음 같아서는 비상임이사국도 되고 유엔 사무총장도 우리나라 사람이 했으면 좋겠지만 국제적 여론이 좋지 않았다. 특히 안보리 비상임이사국 선거전에 뛰어든 인도네시아와 네팔 등의 눈치가 심상치 않았다.

아시아의 환심을 사기 위해서는 어쩔 수 없는 노릇이었다. 언제 다시 올지 모를 기회였지만 우리 정부는 안보리 이사국 입후보를 철회했다. 이로써 반기문은 더욱 부담을 안게 됐다. 하지만 결과적으로 우리 정부의 '올인' 정책은 올바른 선택이었다.

이 무렵 반기문 후보의 장관직 사퇴론이 서서히 제기되기 시작했다. 무슨 잘못이 있어서 물러나라는 것이 아니었다. 북핵 문제 등 산

더미처럼 쌓인 과제를 벗어놓고 유엔 사무총장 선거에 전념하라는 것이다. 하지만 우리 정부의 판단은 달랐다. 계속 장관직을 유지해야 선거전에 더 유리하다는 계산이었다.

순수하게 유엔 사무총장 후보자의 자격으로 외국에 나갈 경우 투표권을 가진 상대국에게 자칫 부담스러울 수 있다는 것이다. 다른 후보국들의 눈치를 살펴야 하기 때문에 편안하게 대하지 못한다는 설명이었다. 외교부 장관직을 가지고 각종 회담과 회의에 참석하되 본 안건을 논의하고는 막판에 슬쩍 지지를 호소하는 전략이 더 효과적이라는 것이었다. 이것은 옳은 판단이었다. 현직 장관 신분으로 움직이는 것이 실제적으로 많은 도움이 되었다.

2006년 9월에 반기문은 한국 외교부 장관으로서 노무현 대통령을 보좌해 유럽과 미국 등을 순방했다. 막판 선거 운동을 제대로 할 수 있는 절호의 기회로 활용한 것이다.

예상대로 백악관에서는 부시 대통령과 단독 면담을 할 수 있었다. 그날 부시 대통령은 '유엔 사무총장이 되면 무엇을 할 것이냐?'는 질문을 했다. 반기문은 그동안 세운 사무총장으로서의 계획을 이야기했고 부시는 매우 흡족해했다. '준비된 사람'이라는 인상을 받았기 때문이다. 미국은 유엔 사무총장 선거에서 아시아 후보에 대해 부정적이었는데 반기문을 만나 보니 세계의 대통령 자리를 주어도 부족함이 없다는 믿음이 생긴 것이다.

당선

네 번째 투표는 상임이사국과 비상임이사국이 투표용지를 구분해 실시하기로 했다. 이제는 누가 반대하는지 확실히 알 수 있게 됐다. 투표는 10월 3일, 한국 시간으로 새벽 5시에 실시됐다. 방송기자들은 새벽 4시 반부터 외교부에 나와 생방송을 준비했다.

"설마 이번에 끝나지는 않겠지? 코피 아난도 스트로 폴을 7번이나 했는데 말야."

"글쎄 말이야. 상임과 비상임이 나눠서 하는 투표는 이번이 처음인데 한두 번 더하지 않겠어?"

하지만 기자들의 예상은 빗나갔다. 반기문은 일찍 일어나 넥타이까지 맨 정장 차림으로 한남동 외교부 장관 공관에서 차분히 결과를 기다리고 있었다. 보좌관들도 곁에서 긴장된 마음으로 대기하고 있었다. 투표가 시작된 지 불과 10여 분이 지났을까. 안전보장이사회 회원국 중 당시 의장국을 맡은 일본의 오시마 겐조 유엔 대사로부터 전화가 왔다. 투표 결과를 알려주는 전화였다. 찬성 14표, 기권 1표 당연히 상임 이사국의 반대는 없었다. 승리였다. 그것도 압도적인 득표였다. 반기문이 드디어 유엔 사무총장이 된 것이다. 그는 감격적인 목소리로 소감을 밝혔다.

"유엔 안전보장이사회 상임이사국들의 신뢰와 지지에 크게 감사하고 개인적으로 영광으로 생각합니다. 앞으로 유엔 개혁문제를 포함해 국제사회의 평화와 인권보호에 많은 기여를 해야 하는 역할을

2006년 12월 유엔 총회에서 제8대 유엔 사무총장 취임 선서 후
연설을 하고 있다. 반기문은 실력과 인격을 갖춘 준비된 사람으로
평가받으며 압도적인 득표로 유엔 사무총장이 되었다.

맡아 큰 책임감을 느낍니다. 변함 없는 지지를 보내주신 국민에게 다시 한 번 감사드립니다.”

투표 결과가 나오자 인도의 샤시 타루르가 사퇴를 선언했다. 그리고 앞으로 반기문을 지지하겠다고 발표했다. 나머지 후보들도 잇따라 물러나면서 반기문 후보의 당선을 확인시켜주었다. 깨끗한 승복이었다.

우리나라 각계에서는 ‘단군이 나라를 세운 5천 년 역사 이래 최대의 경사’라는 찬사가 이어졌다. 틀린 말이 아니었다.

며칠 뒤, 반기문은 미국 뉴욕에 있는 유엔 본부로 가는 비행기를 탔다. 당연한 일이지만, 얼마 전 한국 외교부 장관으로서 유엔 총회 참석차 뉴욕을 왔을 때와는 엄청나게 다른 예우를 받았다. 그래도 그는 사무총장이 되기 전과 다름없는 성실하고 겸손한 모습을 보였다. 변할 사람이 아니었다.

사실 그의 도전은 처음부터 성공 가능성이 높은 것은 아니었다. 그러나 뚜껑을 열어보니 전 세계적으로 그를 도와주는 사람들이 정말 많았다. 특히 유엔 총회 의장 비서실장으로 일할 때 맺은 크고 작은 인연은 너나 할 것 없이 모두 그의 든든한 지원군이 되어주었다. 콘돌리자 라이스 미국 국무 장관과의 인연도 유엔 시절 그녀와 관련된 업무를 진행할 때 베푼 작은 친절과 배려로부터 시작되었다. 그는 상대에 대한 친절과 배려가 습관처럼 몸에 밴 사람이었기에 라이스가 앞으로 미국의 국무 장관이 될 것이라는 점을 예상한 것도 아니건

콘돌리자 라이스 미국 국무 장관과의 인연은 유엔 시절
업무를 진행하면서 베푼 작은 친절과 배려에서 시작되었다.
라이스는 이때부터 반기문을 신뢰하였고 미국 국무장관이
된 이후에도 변함없는 지지를 보냈다.

만 그녀와의 인연에 최선을 다했다. 그로써 라이스는 반기문이 실력과 인격을 다 갖춘 정말 괜찮은 사람이라는 시각을 갖게 되었고, 자신이 보좌하는 부시 대통령의 생각을 긍정적인 방향으로 바꾸는 데 큰 기여를 하게 되었다.

반기문이라는 인물이 아무도 예상치 못한 큰 성취를 이루어낸 것은 그가 작은 인연을 소중히 하고, 상대가 누구든 상관없이 언제나 친절하게 배려하려 애쓰는 기본적인 삶의 자세에서 비롯되었음을 잘 알 수 있다. 계산이 개입되지 않고 진심으로 베푼 모든 선한 행동은 세상을 한 바퀴 돌아 자신에게 큰 행운으로 다시 돌아온다는 것을 그는 교과서처럼 정확히 보여주었다.

STUDY
LIKE
A FOOL,
DREAM
LIKE
A PRODIGY

03

다시 한번
세계 평화를
위해서

07

5년간의 헌신 그리고 새로운 출발

기후변화문제에
집중하다

임기를 시작한 반기문 유엔 사무총장은 이전과 마찬가지로 수많은 도전에 직면했다. 수많은 국제분쟁, 유엔 개혁 등 하나같이 쉽지 않은 과제였다. 그중에서도 가장 노력을 기울였던 것 중의 하나가 기후변화문제였다.

2007년 11월 9일 유엔 사무총장으로는 처음으로 남극을 방문했다. 미첼 바첼레트 칠레 대통령의 초청으로 남극을 방문한 반 총장은 에두아르도 프레이 공군기지에서 지구온난화의 심각성에 대한 보고를 받고 이어 우리나라의 세종과학기지를 방문했다. 보트를 타고 얼음바다를 누비던 반 총장의 모습은 TV 화면을 통해 세계인들에게 깊은 인상을 심어줬다.

반 총장은 곧바로 브라질로 이동해 아마존 지역의 원주민들을 만나고 개발로 파괴되고 있는 아마존 삼림을 둘러보는 등 심각한 현장의 상황을 살펴봤다.

반 총장은 취임 직후부터 기후변화문제를 최우선 현안 중 하나로 꼽으며 '기후변화가 전쟁만큼 인류에게 치명적인 위협'이라고 경고하면서 국제사회가 신속한 대응에 나설 것을 주문했다.

2007년 12월 인도네시아 발리에서는 기후변화협약 회의가 열렸다. 2012년으로 효력이 끝나는 교토의정서를 대체할 새로운 합의가 절실한 시기였다. 유엔 주최의 회의였기 때문에 반 총장은 총회에 참석한 뒤 일정에 맞춰 동티모르로 떠났다. 당시 개발도상국의 온실가스 감축 노력에 선진국이 경제적 도움을 줄 것을 규정한 방안에 대해 미국이 반대해 로드맵 채택이 무산될 뻔했다. 이 때문에 반기문 총장은 협상의 물꼬를 트기 위해 급하게 다시 발리로 되돌아왔다.

반 총장은 긴급 연설에서 "지금은 유엔 사무총장으로서 저에게 결정적인 순간입니다. 누구도 완전히 만족할 수는 없으니 상호 존중과 유연성을 발휘해 주길 바랍니다."라고 호소했다. 이에 각국 대표들은 기립박수로 화답했고 결국 최종 시한 전에 발리로드맵이 타결됐다.

반 총장은 직후 "가장 성과 있는 출장이었습니다. 전 인류와 지구를 위한 일로 매우 뜻깊은 일이었습니다."라고 의미를 부여했다. 일단 좌초위기의 협약을 살려내는 데에는 성공을 했지만 아직 갈 길이 멀다.

2009년 덴마크 코펜하겐에서 열린 제15차 당사국회의에서 교토의정서를 대체할 구속력 있는 협약을 도출하려 했지만 결국 실패하고 말았기 때문이다. 갈수록 빈번하고 규모를 더해가는 태풍과 홍수, 폭설 등 기상이변은 이미 일상사가 되어버렸다. 기후변화문제의 심각성에 대해서는 전세계가 공감한다. 하지만 누가 얼마나 더 먼저 온실가스를 줄여야 하는가에 관해서는 이해가 엇갈리고 있다.

대체로 선진국들은 이제 지구를 살려야 하니 온실가스를 모두 크게 줄이자는 입장인 반면 최근에야 산업생산을 통한 경제발전에 접어든

반기문 유엔 사무총장은 재임 중 해결할 최우선 과제 중
하나로 기후변화문제를 꼽고 지구온난화의 심각성을
일깨우기 위해 남극을 직접 방문했다.

중국 등은 이제는 자신들이 배출할 차례니 기다려 달라는 주장이다.

여기에 미국까지 온실가스를 줄일 수 없다고 버티는 등 각국의 이해관계가 첨예하게 대립하고 있다. 이 때문에 기후변화협약은 좀처럼 강제력 있는 합의에 이르지 못하고 있다. 또 한 번 반기문 사무총장의 리더십에 기대를 걸게 하는 대목이다.

교토의정서란?

지구온난화 규제와 방지에 관한 국제협약인 기후변화협약의 구체적 이행 방안으로 선진국의 온실가스 감축 목표치를 규정하였다. 1997년 12월 일본 교토에서 개최된 기후변화협약 제3차 당사국 총회에서 채택됐다. 2005년 2월 16일에 발효돼 2012년까지 적용되며, 의무 이행 대상국은 오스트레일리아, 캐나다, 미국, 일본, 유럽연합(EU) 회원국 등 총 38개국이다. 각국은 2008~2012년 사이에 온실가스 총배출량을 1990년 수준보다 평균 5.2% 감축하여야 한다. 한국은 제3차 당사국총회에서 기후변화협약상 개발도상국으로 분류되어 의무대상국에서 제외되었으나, 몇몇 선진국들은 감축목표 합의를 명분으로 한국 · 멕시코 등이 선진국과 같이 2008년부터 자발적으로 의무를 부담할 것을 요구했다.

세계 최대 이산화탄소 배출국인 미국은 자국의 산업보호를 위해 2001년 3월 탈퇴했다.

발리로드맵이란?

교토의정서를 대체할 새로운 기후변화협약 구상. 2007년 12월 3일부터 15일까지 인도네시아 발리에서 열린 제13차 유엔 기후변화협약 당사국 총회에서 채택됐다. 발리로드맵에 따르면 새 기후변화협약은 2년간의 협상을 거쳐 2009년 덴마크 코펜하겐 총회에서 결정해 2013년 발효가 목표이다. 온실가스의 감소는 선진국은 수치화된 목표 없이 '상당히 감축한다'로 설정되어 있으며, 개발도상국은 측정 가능하고 검증 가능한 방법으로의 감축을 촉구한다. 또 열대우림의 개간을 줄이는 개도국에 인센티브를 제공하고 기후변화 대응 노력하는 개도국에 선진국 기술을 이전한다는 등의 내용을 담고 있다. 발리로드맵으로 미국, 중국, 인도 등과 함께 한국도 2013년부터 온실가스 감축 대상국에 포함됐다.

중동평화를 위해
동분서주하다

2007년 3월 22일 반 총장은 전격적으로 이라크를 방문한다.

사무총장 취임 후 처음으로 중동을 방문한 반기문 총장이 당시 누리 알 말리키 이라크 총리와 공동 기자회견을 하던 중 총리 공관 부근에서 로켓포 공격이 발생했다. 천장에서 파편이 떨어지면서 총리 공관은 삽시간에 아수라장으로 변했고 놀란 반 총장의 얼굴은 전세계를 통해 방송됐다. 중동문제의 심각성을 단적으로 보여주는 순간이었다.

이라크 바그다드를 방문한 반기문 유엔 사무총장과
누리 알 알리키 총리의 기자회견장에서 50미터쯤 떨어진 곳에 폭탄이
떨어졌다. 순간 기자들이 몸을 숙이고 경호원들이 재빨리 움직이고 있다.

로켓포는 총리 공관에서 약 50m 밖에 떨어졌으며 지름 1m의 구멍이 땅에 파일 만큼 강력했다. 반기문 총장과 알 말리키 총리는 다행히 모두 무사했다. 폭발음이 들린 지 몇 분만에 공동 기자회견은 재개됐다. 반기문 총장과 알 말리키 이라크 총리는 담담하게도 폭발음에 대해 언급은 하지 않은 채 질문 1개를 더 받아 대답한 뒤 기자회견을 마쳤다. 로켓포 공격에도 불구하고 이후 반기문 총장의 중동 방문 일정은 차질없이 진행됐다.

또 2009년 1월에는 중동의 화약고로 불리는 이스라엘 내 팔레스타인 지역인 가자지구도 방문했다. 반 총장은 재선이 확정된 직후 개인적으로 가장 큰 보람을 느낀 순간이 언제였느냐는 질문에 그때를 꼽았을 정도다.

"2009년 1월 초 가자지구 분쟁 당시 매일 몇 개국을 돌면서 정상들과 숨 가쁜 셔틀외교를 통해 마침내 정전합의를 이끌어냈습니다. 정전 직후 최초로 가자를 방문했을 때 개인적으로 큰 보람을 느꼈습니다."라고 했다.

그는 '재스민 혁명'으로 불리는 중동의 민주화 과정에도 큰 역할을 했다. 반 총장은 아랍 민주화 운동과 관련해 "아랍 지도자들은 국민들이 진정 무엇을 원하고 있는지를 알아야 한다." "평화적 시위대에 대한 폭력은 즉각 중단돼야 한다."며 민주화 운동을 적극 지지하고 힘을 불어넣었다. 이 때문에 반기문 총장은 2011년 3월 중동문제로 눈코 뜰 새가 없었다. 민중혁명을 이룬 이집트와 튀니지를 전격

방문한 뒤 뉴욕으로 돌아와서는 곧바로 유엔 안보리회의에 참석해 내전으로 민간인 희생이 늘고 있는 리비아 상황을 브리핑하고 기자 회견을 열었다. 하루 동안에만 반 총장은 이 지역 사태와 관련해 3개 의 성명을 발표할 정도였다.

또 시리아에서 정부군과 시위대의 충돌로 인명 피해가 잇따르자 시리아 당국에 대해 "폭력을 중단하고 평화적 집회 권리를 포함한 국 제적 인권 약속을 준수하라."고 촉구했다. 이 와중에 이스라엘과 팔 레스타인 무장세력간 충돌 위기도 심각했다. 결국 팔레스타인을 또 방문해 적극적인 평화중재 노력을 펼쳤다.

'아랍의 봄'이라 불리는 2011년 3월은 유엔 사무총장 반기문에게 도 무척이나 심각하고 중요한 시기였다. 유엔 사무총장 한 사람만의 노력으로 중동의 평화를 지킬 수는 없다. 하지만 반 총장이 중동의 평화를 지키기 위해 필요한 역할을 했다는 데에는 그 누구도 이의를 제기할 수 없을 것이다. 중요한 것은 반 총장이 현장을 직접 돌아보 며 정성을 다해 당사국들에게 이해를 당부하는 방식이었다. 한국 외 교 장관으로 일하던 때와 마찬가지였다.

2007년 취임 첫해에만 아프리카와 중동, 아시아, 유럽, 남미 등 58 개국 120여개 도시를 방문했다. 이후에도 상황은 크게 다르지 않았 다. "한 달에 지구 1바퀴, 일 년에 12바퀴를 돌고, 세계 각국 정상급 외교관과 1년에 전화 통화만 400~500차례 했다."라고 스스로 말할 정 도였으니 말이다.

　　반 총장이 살이 찌지 않는 것은 한시도 가만히 있지 못하는 성품 때문이라는 주변의 이야기가 나올 정도로 그는 이른바 '워커홀릭'이다.

재스민 혁명이란?

2010년 튀니지의 26살 청년 모하메드 부아지지가 부패한 경찰의 노점상 단속으로 생존권을 위협받자 이에 분신 자살로 항의했다. 이 사건을 시작으로 튀니지 민중은 반정부 시위로써 독재정권에 저항하였다.

민중들의 반정부 투쟁은 2011년에 걸쳐 국내 전역으로 확대되었고 군부가 중립을 지킴에 따라 제인 엘아비디네 벤 알리 대통령이 사우디아라비아로 망명해 24년간 계속된 독재정권이 붕괴된 사건이다. 재스민이 튀니지를 대표하는 꽃이기 때문에 재스민 혁명이란 이름이 언론에서 붙여졌다.

또한 이 민주화 운동은 튀니지에 머무르지 않고 이집트, 리비아 등 다른 아랍 국가에도 확대되어 리비아의 카다피와 이집트의 무바라크 정권을 무너뜨리는 등 각국에서 장기 독재정권에 대한 국민의 불만과 결부되어 수많은 정변과 정치 개혁을 일으켰다.

조용한 외교에
비난이 쏟아지다

2007년 취임 직후부터 몸을 가리지 않고 뛰어다녔건만 모든 사람이 반기문 유엔 사무총장에게 박수를 보낸 것은 아니었다. 전세계 각국의 이해가 부딪히는 곳이 유엔인 만큼 모두를 만족시킬 수는 없었기 때문이다. 특히 겸손한 동양인 사무총장에게는 그만큼 벽이 높을 수밖에 없었다.

미국의 유력 일간지인 〈월스트리트저널 *THE WALL STREET JOURNAL*〉은 반기문 사무총장을 '유엔의 보이지 않는 사람'(The U.N.'s Invisible Man)이라 불렀다.

〈월스트리트저널〉은 '독재자에 대한 조용한 외교가 불협화음을 일으킨다'는 제목의 기사에서 '반 총장은 독재자들의 잔혹 행위에 대해 너무 자주 침묵하며, 유엔을 추악한 타협의 무대로 만들었다는 비판에 직면했다.'고 보도했다.

또한 미얀마의 군부 실권자인 탄 슈웨 장군 등 수많은 독재자를 만났지만 별다른 성과도 못 내고 결과적으로 유엔 사무총장의 권위만 떨어뜨렸다고 비난했다.

미국의 보수적 외교전문지인 〈내셔널 인터레스트 *NATIONAL INTEREST*〉의 편집장인 제이콥 헤일브룬은 '어디에도 없는 남자(Nowhere Man), 반기문은 왜 세계에서 가장 위험한 한국인인가'라는 제목의 칼럼으로 반 총장을 비꼬았다. 반 총장은 국제무대에서 일종의 관광객, 아마추어라며 혹평을 쏟아냈다.

반 총장이 유약한 이미지에 카리스마가 없다는 지적이었다.

영국의 주간지 〈이코노미스트 *THE ECONOMIST*〉는 아예 항목별로 따지며 반 총장을 조롱했다. 기후변화와 식량대응에서만 8점을 줬고 중국이나 러시아 앞에서는 약한 모습을 보인다며 '강자 앞에서의 진실성'에 3점, '조직 관리 능력'에는 2점을 줬다. 전체적으로 10점 만점에 4.75점을 주며 '리더십과 분명한 목표가 필요하다.'고 평가했다.

이에 대해 반 총장은 영국 BBC와의 인터뷰에서 "낮은 자세(low key)를 유지하는 것은 결단력이나 리더십이 없기 때문이 아닙니다. 인권과 같은 보편적 가치들을 옹호해야 할 때는 목소리를 높여왔습니다."라고 강조했다.

특히 "진짜 위기가 닥쳤을 때 단호하게 결정을 내렸습니다. 2008년 5월 미얀마 군부를 설득해 50만 명에 이르는 사이클론 이재민들의 목숨을 구한 일, 2009년 초 이스라엘의 침공으로 팔레스타인 인들이 커다란 고통을 겪을 때 가장 먼저 가자지구를 방문했던 일, 2007년 수단의 오마르 알 바시르 대통령을 압박해 유엔 평화유지군의 다르푸르 파병을 이끌어냈던 일 등입니다."라고 설명했다.

또 "실질적인 문제에 직면했을 때는 상대가 비록 강대국이라 할지라도 할 말은 해왔고, 이 때문에 강대국들로부터 많은 불평과 비난을 받기도 했습니다."라고 덧붙였다.

훗날 한국에서 열린 방송기자클럽 토론회에서도 "동양적인 습관과 교육 덕분에 남에게 공손하고 조용하게 말하는 경우가 많이 있습니다. 하지만 중요한 문제에 대한 결단을 내려야 할 때, 원칙과 관련된 문제에 대해 저보다 강하게 말하는 사람은 없었습니다."라고 강조했다.

'세계의 대통령'이라 불리는 유엔 사무총장은 사실 강대국 미국이나 러시아의 대통령처럼 막대한 재정이나 무력을 동원할 수는 없다. 정확하게 말하면 '세계 평화의 대통령'이라 불러야 맞을 것이다. 본질적으로 국제적 갈등과 이슈를 보편타당한 관점에서 조율하는 중재자의 역할이지 강제력을 주로 사용하는 권력자의 자리와는 거리가 있기 때문이다.

특히 '조용한 외교'를 보여주던 반 총장의 스타일이 서방언론에게 익숙하지 않았기 때문이었던 것도 하나의 원인으로 꼽힌다.

새천년개발계획에 함께하면서 반 총장을 가까이에서 지켜본 세계적인 석학 제프리 삭스 컬럼비아대 교수는 "까다로운 성격의 상대를 만났을 때도 결코 차분함을 잃지 않습니다. 서로를 비난하는 요즘 같은 시대에는 반 총장의 스타일이 문제 해결에 큰 도움이 된다고 생각합니다."라며 칭찬을 아끼지 않았다.

반 총장은 유엔 내부의 개혁에도 강한 추진력을 보였다.

반 총장은 "지난 60년간 유엔에는 윤리규정조차 없고 재산공개 규정도 없었습니다. 전임 직원이 재산문제가 있어 언론에서 사퇴 압력을 받아도 끝까지 재산공개를 하지 않았습니다. 저는 재산을 공개

하겠습니다."라고 말했다.

이에 대한 유엔 내부의 반발도 거셌다. 반 총장은 취임 이후 유엔 사무차장보 이상 고위직의 재산공개, 고위직 업무평가 등을 추진하는 과정에서 관료화된 유엔 직원들의 반발에 직면했다. 불만을 품은 유엔 사무국 감사실의 책임자는 "반 총장이 이끄는 유엔이 투명성을 잃었고 책임감도 없다."는 내용의 메모를 언론에 흘리기도 했다.

하지만 이같은 비난의 목소리도 시간이 흘러가면서 사그라들었다. 반 총장의 진심과 '조용한 외교'가 결국 통했음을 알 수 있다. 5년의 첫 임기가 끝나갈 무렵 언론의 비판적인 기사는 좀처럼 찾아보기 어려워졌다.

3초 만에 통과한
만장일치 연임 결의안

반기문 유엔 사무총장은 2010년 10월 19일 유럽연합 연설차 프랑스 스트라스부르를 방문한 자리에서 한국 특파원단을 만났다. "연임에 대해 자연스럽게 발표할 수도 있고 적절한 계기가 되면 표명할 기회가 있을 것이지만 유엔이 하는 일들에 국제사회가 공감하고 있고 유엔 사무총장으로서 지난 4년 가까이 일한 것을 구체적으로 수량화하거나 정형화하기는 힘들지만 성공을 거뒀다는 생각입니다."라고 밝혔다. 연임에 대한 의지를 공식화한 것이다.

2011년 6월 6일에는 기자회견을 열어 정식으로 출사표를 던졌다.

반 총장은 유엔 본부에서 열린 기자회견에서 "다중적인 범세계적 위기 속에서 유엔이 직면해 있는 여러 현안을 완수하기 위해 회원국 지지로 5년 더 일하게 된다면 영광이 될 것."이라며 연임 의사를 밝혔다.

또 자신의 지난 4년 6개월간의 임기에 대해 "기후변화를 세계 어젠더로 만들고 미얀마, 아이티, 파키스탄에서 발생한 자연재해에 대해 빠르고 효과적으로 대응했으며 수단, 소말리아, 콩고, 코트디부아르 등 아프리카에도 평화의 씨를 뿌렸다고 생각합니다. 이를 자랑스럽게 생각합니다."라고 자평했다.

더불어 "투명하고 믿을 수 있고 효율적이고 결과지향적인 유엔을 만들기 위해 재산공개, 업무협약 등을 이끌어냈고 최근에는 업무 관행을 최고 수준으로 만들기 위한 변화관리 팀을 만들었습니다."라고 덧붙였다.

반 총장이 이처럼 연임을 발표하자 안보리 상임이사국인 미국과 중국, 프랑스 등은 잇따라 지지를 표명했고 그 누구도 반 총장에 대한 반대 의사를 밝히지 않았다. 이후 연임 절차는 일사천리로 진행되었다.

2011년 6월 21일 오후 3시. 유엔 192개 회원국 대표들이 모인 자리에서 조지프 데이스 유엔 총회 의장이 "오늘 사무총장 지명건을 심의합니다."라고 말했다.

이어 안보리 의장국인 가봉 대사가 나와 "반 총장이 4년 반 동안 뛰어난 임무 수행으로 기대에 부응했다.”며 지지 이유를 밝혔다.

데이스 유엔 총회 의장은 “안보리의 연임 제안 결의안을 박수로 채택합시다.”라고 제안하자 기립박수가 이어졌다. 통과에 걸린 시간은 불과 3초. 총회에 제출된 연임 추천 결의안은 안전보장이사회 이사국 15개국에 유엔을 대표하는 5개 지역 그룹 의장국 등 20개국의 공동제안으로 이루어졌다.

안보리 이사국과 지역 그룹 의장단이 추천 결의안에 동시 서명한 것은 유례가 없는 일이었다. 이는 사실상 192개 회원국 전체의 추천을 받은 셈이었다.

반 총장이 기립박수를 받으며 입장하자 5개 지역 그룹 대표들이 차례로 축하의 발언을 했고 이어서 개최국 대표로 수전 라이스 미국 대사의 연설이 이어졌다.

“반기문 총장만큼 유엔 사무총장 자리를 잘 이해하는 사람은 없습니다. 미국은 반 총장의 리더십에 적극적인 지지를 보냅니다.”라고 말했다.

북한은 공개적으로 반 총장에 대한 지지를 표명하진 않았다. 하지만 이날 총회에 참석한 신선호 북한 대사 등은 끝까지 자리를 지키며 박수로 연임을 축하했다.

사실 반기문 유엔 사무총장의 연임 가능성은 취임 초기부터 예측됐던 일이다. 미국과 불화를 빚었던 이집트 출신의 6대 사무총장인 부트로스 부트로스-갈리 외에는 모두 연임을 해온 관행이 있었기 때

유엔 총회에서 조지프 데이스 유엔 총회 의장이 반기문 총장
재선 안건을 공식 상정하자 192개 회원국 전체가 박수로 통과시켰다.
경쟁자도 없고 표결도 없는, 그야말로 만장일치였다.

문이다. 그렇지만 3초 만의 연임 결의안 통과는 반 총장의 그동안의 열정에 대한 평가, 그리고 기대감이 없었다면 불가능했던 것이 아닐까라는 것이 필자의 개인적인 견해다.

마침내 반기문 유엔 사무총장은 유엔 헌장 원본에 손을 얹고 선서했다. 유엔 헌장은 1945년 6월 샌프란시스코에서 당시 회원국 50개국 대표에 의해 서명된 뒤 워싱턴 국립보존기록관에 보관돼 있었는데 미국 정부의 특별한 배려로 유엔 본부로 공수됐다.

이전까지 유엔 헌장에 손을 얹고 취임서약을 한 유엔 사무총장은 없었기에 매우 이례적인 일이었다.

반 총장은 수락연설에서 "조금 전 저는 샌프란시스코에서 서명된 유엔 헌장 원본에 손을 얹었습니다. 유엔 헌장은 이 위대한 기구의 생생한 정신이자 영혼입니다."라며 감격적인 연설을 시작했다.

반 총장은 연설에서 노자의 도덕경 81장에 나오는 "하늘의 도리는 이로움을 주되 해치지 아니하며, 성인의 도리는 행동으로 실천하되 다투지 않는다(天之道, 利而不害, 聖人之道, 爲而不争)."라는 구절을 인용해 화제를 모으기도 했다.

수락연설은 첫 취임 때와 마찬가지로 영어와 프랑스어를 번갈아가며 진행했다.

"함께하면 불가능한 일은 없습니다."라고 마치며 '감사합니다'라는 말을 영어, 프랑스어, 중국어, 러시아어, 스페인어 등 유엔 공식 언어로 차례로 말해 각국 대표들의 탄성을 자아냈다.

한국인의 새로운
자부심 반기문 총장의
성공적인 임무수행을 빌며

반기문 장관은 유엔 사무총장 당선이 확정되고 난 뒤 외교부 출입 기자들을 불러 송별 오찬 자리를 마련했습니다. 저는 그 자리에서 분위기를 재미있게 하기 위해 가상 기사를 하나 써서 발표했습니다. 그의 성공적인 임무수행을 빌어주고 싶었기 때문입니다.

이 기사는 2011년 가을에 작성한 가상 원고입니다.

유엔 안전보장이사회 이사국들은 오늘 반기문 현 유엔 사무총장의 재신임에 합의했습니다. 이에 따라 다음 주 수요일 유엔 총회가 반기문 총장에 대한 인준 절차를 진행합니다. 반기문 사무총장은 이 자리에서 수락연설을 하고 다시 5년의 임기를 시작합니다.

사실 반기문 사무총장의 재임은 이미 오래전에 예고된 일이었습니다. 그는 지난 2007년 1월 1일 사무총장의 업무 개시와 동시에 한반도 평화담당 기구를 설치하고 북한을 설득해 난항을 겪던 6자회담을 본궤도에 올려놨습니다. 북한은 그 이듬해 NPT(핵확산금지조약)에 복귀하고 IAEA(국제원자력기구)의 핵사찰을 수용했으며, 2009년에는 마침내 핵무기와 핵 프로그램의 폐기를 선언했습니다. 이에 따라 북핵 6자회담은 '동북아 평화 포럼'이라는 상설기구로 대체됐고 의장국은 한국이 맡기로 했습니다.

반기문 총장은 한반도 평화에만 기여한 것이 아닙니다. 반 총장은 세계의 화약고라고 불리는 중동지역을 누비며 지대한 공헌을 했습니다. 한때 핵전쟁으로 비화될 뻔했던 이스라엘과 팔레스타인 간의 분쟁을 종식시키고 지난해 12월 24일 영구적인 평화협정을 서명하는 데 결정적인 역할을 했습니다. 세계 언론은 이를 두고 예수탄생 이후 가장 뜻깊은 크리스마스라는 찬사를 보냈습니다. 이에 따라 반기문 사무총장이 올해 노벨 평화상의 가장 강력한 후보로 떠올랐습니다. 영국의 유명한 베팅업체인 레드브룩스는 반기문 총장의 노벨평화상 수상 가능성을 무려 83%라고 밝혀 한국 정부의 사주를 받은 것이 아니냐는 오해를 받기도 했습니다.

반기문 사무총장은 또 코소보와 르완다의 인종분쟁을 효과적으로 중재하는 등 세계 평화 중재자로서 탁월한 능력을 보여주고 있습니다. 르완다의 경우 반기문 총장을 자국 대통령으로 추대하고 싶다는 의사를 전해왔지만 반 총장이 이를 고사한 것으로 전해졌습니다.

과거 독도를 호시탐탐 노리던 일본은 최근 몇 년간 한국 영해에 접근도 하지 않는 등 조심스러운 모습입니다. '한국인 유엔 사무총장을 의식해 그런 것이 아니냐.'는 분석이 설득력을 얻고 있는데, 주 유엔 일본 대사는 반 총장의 알듯 모를 듯한 표정 분석에 세월을 보내고 있다고 합니다.

한편 반기문 총장의 별명인 기름장어, 영어로 'slippery eel'이 웹스터 사전에 등재됐습니다. 사전에 등재된 slippery eel은 당장의 민감한 문제는 잘 피해가면서도 결국은 깔끔하게 일 처리하는 사람을 뜻하는 말로 정의됐습니다. 사용 예로는 'He did it like a slippery eel.' 등이 나와 있으며 '반기문 제8대 유엔 사무총장의 별명'이라는 설명도 덧붙었습니다.

한동안 기 싸움을 벌였던 유엔 기자단이 반 총장에게 손을 들었다는 소식도 전해졌습니다. 〈뉴욕 타임스〉의 '아티클 마구써' 기자는 유엔 기자단의 본때를 보여주겠다며 브리핑 때마다 딴지를 걸었지만 결국 한 개의 기사도 건지지 못한 채 패배를 인정했습니다. 더불어 그동안 한국에서 반 총장을 취재했던 한국 기자들의 능력에 경의를 표했습니다.

반기문 사무총장의 혁혁한 성과에 반비례해 사무국 직원들은 '죽을 맛'이라는 후문이 들려오고 있습니다. 전통적으로 낮잠을 즐겨오던 이탈리아와 스페인 출신 직원들은 '반 총장 눈치 때문에 인생의 즐거움을 빼앗겼다.'며 불평하고 있으며 일부는 사의를 표명했습니다. 반기문 총장을 수행해 유엔으로 간 우리 외교부 직원들은 이젠 유엔 사무국 내에서도 '반의 반만 하라.'는 이야기가 심심치 않게 나오고 있다고 전했습니다.

또 한국인이라면 모두 반 총장처럼 바라보는 시선이 상당히 부담스럽다고 토로했습니다. 한편 유엔 사무국 직원들은 반 총장이 아프리카 1인당 GNP 3만 달러 달성을 목표로 잡았다는 소문에 '이제는 정말 죽었다.'며 바짝 긴장하는 모습입니다.

반 총장의 활약에 힘입어 한국 교육계도 바뀌고 있습니다. 청소년들의 꿈 1순위가 연예인에서 외교관으로 바뀌었고, 정원이 100명으로 늘어난 외무고시는 1,500대 1의 경이적인 경쟁률을 보이고 있습니다. 이에 따라 각 대학들은 로스쿨 대신 국제대학원 설립에 분주한 모습입니다. 교육부는 고등학교 교과과목에 국제정치학 신설을 고려하고 있으며 대치동 학원가는 과거 외교부 출입 기자들을 스카우트하기 위해 수억대의 연봉을 제시하고 있습니다.

정부는 또 반 총장이 재임에 성공하면서 앞으로 5년간 유엔 관련 업무가 더 늘어나게 됐다며 이제는 외교부 장관을 부총리급으로 격상시킬 때가 된 것이 아니냐는 조심스러운 분석도 내놨습니다.

제가 가상 기사를 읽어 내리는 동안 반기문 장관은 웃음을 멈추지 않았습니다. 발표가 끝나자 제 손에 있던 기사를 얼른 집어가시더군요.

"신 기자, 잘 들었어요. 앞으로 내가 일하는 데 참고할 테니 그 원고 날 좀 주시오."

그저 재미삼아 상상력으로 만들어낸 가상 기사를 그가 진지하게 받아들여 좀 부끄러운 마음이 들었습니다. 하지만 그가 마음만 먹는다면 가상 원고처럼 모든 일을 다 잘 해낼 것 같은 생각이 들었습니다.

반 총장의 재임 기간 5년을 돌아보니 가상 기사와 비슷하게 맞아떨어진 부분도 있고 아직은 진행형인 일도 있습니다.

미국의 경제 전문지 〈포브스 *FORBES*〉는 2011년 세계에서 가장 영향력 있는 인물을 선정했는데 반총장은 38위에 올랐습니다. 1위는 버락 오바마 미국 대통령, 2위는 블라디미르 푸틴 러시아 총리, 3위는 후진타오 중국 국가주석이며, 북한의 김정일 국방위원장은 37위로 반 총장보다 한 계단 앞서 있습니다.

반 총장은 2010년보다 3단계 상승했고, 이대로 매년 조금씩 올라간다면 5년 뒤에는 10위 안에 드는 인물로 평가받을 수 있지 않을까 생각합니다. 사람에게 임의로 순위를 매기는 일을 개인적으로 좋아하진 않지만 세계의 그 어떤 사람들이라도 주저없이 반 총장을 세계 톱 10의 인물로 평가할 그날을 기대해봅니다.

"가슴은 한국에, 시야는 세계에"

존경하는 국회의장님, 국회의원님 여러분.

국민의 대의기관인 국회에서 소중한 발언 기회를 갖게 된 것을 무한한 영광으로 생각합니다. 저는 내년 1월부터 제8대 유엔 사무총장직을 수행하기 위해 출국하기에 앞서 오늘 의원님 여러분께 고별인사를 드리고 저의 소감도 말씀드리고자 합니다.

먼저 제가 이 자리에 서기까지 국회의장님과 여야 의원님 여러분께서 저를 아낌없이 지원해주신 데 대해 깊이 감사드립니다. 저의 유엔 사무총장 선출은 결코 제 개인의 역량만으로 얻어진 것이 아니었습니다. 가깝게는 의원님 여러분과 정부, 언론을 포함한 온 국민의 뜨거운 성원이 결집되었기에 가능한 것이었고, 멀리 보면 우리나라가 건국 이래 국내외에서 이뤄온 경이로운 업적에 대한 국제사회의 평가에서 비롯된 것이었습니다. 따라서 금번 외교적 개가는 우리 국민 모두의 몫이며, 그간 우리 국민이 온갖 시련을 극복하면서 흘렸던 피와 땀과 눈물의 소산입니다. 이렇게 얻은 것이기에 그 영광은 결코 저 혼자만의 것이 될 수 없으며, 조국을 사랑해온 모든 국민에게 돌려져야 마땅하다고 봅니다.

존경하는 의원님 여러분, 저는 오늘 바로 이 점이 과거의 유엔 사무총장 선출에서는 볼 수 없었던 의미심장한 부분임을 강조하고 싶습니다. 이제 우리나라는 국민적 열의가 뒷받침되기만 한다면 국제무대에서 많은 것을 성취할 수 있는 저력을 갖고 있습니다. 우리 국민은 유엔의 목표와 이상인 평화와 안전, 경제발전, 민주주의와 인권신장을 가장 단기간에 가장 모범적으로 달성했다는 평가를 받고 있습니다.

저는 지난 2년 10개월간 외교 장관으로서 세계 각국을 방문하면서 많은 나라로부터 한국을 자국 발전의 모델로 삼고 싶다는 말을 들을 때마다 오늘의 한국을 일구어낸 우리 국민 앞에 숙연해지지 않을 수 없었습니다.

지금 우리나라는 선진국 진입의 대망을 갖고 있는 한편, 목전에는 21세기의 복잡다기한 도전에 직면해 있습니다. 저는 저의 유엔 사무총장 선출에서 우리의 대망 실현에 유익한 시사점들이 발견되기를 소망하고 있습니다.

먼저, 저의 유엔 사무총장 선출은 한국인은 유엔 사무총장이 되기 어렵다는 우리 스스로의 고정관념을 깨뜨린 것입니다. 금년 2월 우리 정부가 저를 차기 사무총장 후보로 추천했을 때, 많은 사람들이 한국은 분단국이고 북한 핵문제의 당사국이며, 미국과의 군사동맹국이라는 등의 이유로 유엔 사무총장을 배출할 수 없다고 생각했습니다.

그러나 우리는 우리 자신의 국제적 위상을 바탕으로 전통적 지혜의 벽을 돌파할 수 있었습니다. 우리가 21세기의 다양한 난관을 넘어서기 위해서는 우리 자신의 위치와 대상을 새로운 패러다임으로 고찰해보는 창의적 태도가 필요합니다. 이는 스스로를 존중하는 자긍심에서부터 출발될 수 있습니다.

둘째로, 이제 우리는 세계를 향해 마음을 활짝 열고 '세계 속의 한국'을 구현해야 합니다. 이로써 인류의 공동번영과 전 세계적 범위에서의 국익을 동시에 추구해야 합니다. 이를 위해 우리 국민은 사유의 틀을 국제무대로 확대해야 하고 우리 사회는 여러 방면에서 국제적 표준에 접근해야 할 것입니다. 이것 또한 우리 자신에 대한 존경심과 자긍심을 바탕에 두어야 가능하다고 봅니다.

셋째로, 우리의 국제적 역할 확대를 위해 우리의 국제사회에 대한 기여가 더욱 증대되어야 합니다. 우리는 국제사회에 대한 노블리스 오블리제를 능동적으로 떠맡아야 합니다. 최근 우리의 대외원조가 다소 확대되기는 했지만 국제기준에 비추어 아직 적고 지원방식도 시대에 뒤져 있습니다. 유엔 평화유지군에 대해서도 재정 분담에 비해 인적 참여가 매우 미약합니다.

마지막으로, 국제사회에서 우리의 역할 제고를 위해서는 외교역 량을 획기적으로 강화시켜야 합니다. 대통령님의 결심에 따라 최근 외교인력의 보강이 이뤄지기는 했지만, 저는 외교 장관으로서 아직 우리 외교역량이 21세기의 거센 도전에 맞서기에는 너무나 부족함을 고백하지 않을 수 없습니다. 물리적인 역부족이 많은 기회의 상실을 초래하고 있습니다.

4,700만 국민의 대표이신 국회의원 여러분, 혹자는 저의 사무총장 선출로 우리에게 돌아온 이익이 무엇이냐고 묻습니다. 저는 한국의 위상을 국제사회에 드높였다고 답변드릴 수 있습니다.

그럼에도 저의 사무총장 진출이 우리나라에 궁극적으로 얼마나 기여할 것이냐는 사실 저 자신이 아닌 우리 국민 스스로의 마음과 노 력에 달려 있다고 봅니다. 우리 국민이 '가슴은 한국에, 시야는 세계 에' 두고 행동할 때 비로소 저의 사무총장 진출은 최대의 시너지 효과 를 가져올 것이기 때문입니다. 세계는 무궁무진한 기회로써 열린 마 음을 가진 사람들을 환영할 것입니다.

저는 이 연설을 마치면 사무실에 돌아가 장관직을 퇴임하고 제가 37년간 고락을 함께했던 동료들과도 석별을 나눌 예정입니다. 그리 고 사무총장직 취임 준비를 위해 11월 15일 뉴욕으로 떠나게 됩니다.

유엔에서의 저의 임무는 과거 그 어느 사무총장보다도 막중할 것이라고 합니다. 지난 60년간 미뤄왔던 유엔 개혁을 본격적으로 추진해야 합니다. 냉전 종식 후 다발하고 있는 지역분쟁을 조속히 해소하고, 끊임없는 테러와 비전통적 위협들에 효과적으로 대처해야 합니다. 특히 제가 직접 관여해왔던 북한 핵문제 해결과 한반도 평화유지에 대해서는 사무총장의 권한을 최대한 활용하여 조속한 시일 내 평화적으로 해결될 수 있도록 기여하고자 합니다.

또한 2015년까지 유엔의 최대 과제가 된 빈곤퇴치에 가시적 성과를 내야 하고 양극화도 막아야 합니다. 민주주의와 인권을 전세계에 보편적으로 확립시키고, 회원국간의 다층분열을 화합으로 돌려놓아야 합니다.

솔직히 저는 지금 태산 같은 난제들 앞에 혼자 외로이 서 있다는 심정을 금할 길이 없습니다. 저는 이러한 과업의 실천에 우선 제 개인의 37년간 외교관 경험과 인적 네트워크를 활용할 것입니다. 회원국들로부터 최대의 협조를 확보하기 위해 '화합의 전도사'가 될 것이며, 각국 지도자들의 관심과 정치적 의지를 결집할 것입니다. 그러나 유엔 사령탑이 된 후에도 저 반기문의 원동력은 역시 한국적 정신력이 될 것입니다. 한국인으로서 체화된 근면성실, 조직에의 헌신, 변화를 추구하는 역동성, 시련에 맞서는 불굴의 의지, 극단을 경계하는 중용의 정신을 최대한 발휘할 것입니다. 저는 한국의 사무총장은 아닙니다. 그러나 저는 여전히 한국인 사무총장입니다. 저는 티리그베 리 초대 사무총장이 퇴임하면서 '세상에서 가장 어려운 일'이라고 고백한 유엔 사무총장직을 한국인의 명예와 긍지를 바탕으로 완수해 보이고자 합니다. 그리하여 제가 임기를 마치고 귀국하는 날 국민 앞에 자랑스러운 귀국보고를 올리고자 합니다.

저는 저의 영광을 국민의 승리로 돌렸습니다. 훗날 제가 성공한 사무총장으로 평가된다면 그 공도 역시 우리 국민과 함께 나눌 것입니다. 이러한 맥락에서 저는 감히 저의 책임도 우리 국민과 함께 나눠 갖고 싶다는 말씀을 드리고 싶습니다. 제가 한국인 사무총장으로서 유엔을 21세기의 인류가 희망을 걸 수 있는 조직으로 일신할 수 있도록 의원님 여러분과 우리 국민께서 변함없는 지원과 성원을 보내주실 것을 간곡히 부탁드립니다.

감사합니다.

STUDY
LIKE
A FOOL,
DREAM
LIKE
A PRODIGY

외교관이란

외교관은 나라를 대표하는 국가공무원입니다. '외교관은 총 없이 싸우는 군인' 이라는 말처럼 세계 각국을 상대로 우리나라의 이익을 수호하고 증진하는 역할을 합니다. 흔히 외교관이라 하면 비행기를 타고 다니면서 화려한 파티에 참석하여 대담을 하는 사람이라고 상상을 할 수 있으나, 그것은 겉으로 드러난 일면에 지나지 않습니다. 많은 일상적인 잡무를 처리해야 하며, 아프리카의 오지 등 언어와 문화가 다른 곳에서 근무하기도 하고, 세계 각지로 자주 이동하여야 하므로 생활의 안정을 찾기 힘든 면도 있습니다. '국가의 이익을 위해 최전선에서 활약하고 있다.' 는 사명감을 갖지 않으면 힘든 직업이지만 그만큼 보람도 매우 큽니다.

어떤일을할까

전통적으로 해외에서 우리나라의 대표로 상대국과의 협상, 외교관이 주재하는 국가의 정치·경제·사회 등 여러 분야에서의 정세파악 및 정보수집, 재외국민보호, 주재국과의 우호·협력관계 증진 등의 일을 합니다.

외교통상부에 근무하면서 외교정책 결정에 참여하기도 하고, 세계 각국에 있는 해외 공관에 근무하면서 외교통상부의 지시를 받아 주재국과 교섭 등의 일을 합니다. 해외 공관은 대사관(Embassy)과 총영사관(Consulate General)으로 구분됩니다.

대사관에서 근무하는 외교관의 계급은 대사, 공사, 참사, 서기관 등이 있으며 이들은 상대국 정부와 관련된 일을 합니다. 외교정책을 수립하고 두 나라 사이의 공동관심사와 정책에 대한 우리 정부의 견해를 주재국 정부에 전달하며, 주재국에서 정치·경제적으로 커다란 변화가 생기면 즉시 외교통상부에 보고합니다. 그 외에 우리나라가 신망을 얻을 수 있도록 각종 공·사적인 일들을 하는데, 이 모두를 위해서는 항상 주재국의 여러 인사들과 친분을 두텁게 유지해야 합니다.

총영사관에서 근무하는 외교관은 총영사, 영사, 부영사 등으로 구분되며, 그 나라에 거주하고 있는 우리 국민과 관련된 일을 합니다. 세계 각국에 있는 우리 국민과 한국 회사 등의 이익과 안전을 도모하는 것이 주된 업무입니다. 우리국민의 여권발급이나 우리나라를 방문하려는 외국인의 입국허가 등을 처리합니다.

외교관이 되려면

뛰어난 외국어 실력이 기본적으로 필요하지만 외교관이 되기 위해서는 어느 한 과목에 치중하지 말고 전체적인 과목을 두루 열심히 공부해야 합니다. 외교업무는 각 분야에 대한 지식과 소양을 갖추어야 하며, 인간관계가 원만하고 협상능력이 뛰어나야 하기 때문입니다. 따라서 중·고등학교 시절에는 학과공부에 충실하면서 다양한 독서와 봉사활동으로 폭넓은 사회경험을 쌓고 사고력과 판단력을 기르는 것이 중요합니다.

또한 외교관이 되기 위해 기본적으로 다음과 같은 준비가 되어 있어야 합니다.

첫째, 나라와 국민을 사랑하고 봉사하고자 하는 마음자세를 갖추어야 합니다.

외교관의 중요한 역할 중 하나가 해외에서 자국민을 보호하는 일이기 때문에 나라와 국민을 사랑하고 봉사하는 마음자세는 매우 중요합니다. 또한 자기 자신과 민족에 대한 자부심이 없다면 훌륭한 외교관이 될 수 없습니다.

둘째, 영어는 물론 한두 개 정도의 외국어를 잘 구사할 수 있어야 합니다.

외국어는 상대국과의 협상과 주재국을 더 잘 이해하기 위해 외교관이 갖추어야 할 필수적인 사항입니다.

셋째, 정치·경제·법은 물론 사회·문화·역사·예술 등 모든 분야에 대한 지식을 갖추어야 합니다.

어느 한 문제에 대한 가장 효율적인 해결방안을 도출해내기 위해서는 다양한 분야에 대한 폭넓은 지식을 바탕으로 한 종합적인 사고능력이 필요합니다.

넷째, 냉철한 판단력과 예리한 관찰력을 갖추어야 합니다.

정보의 양이 극히 제한적이었던 과거에는 외교관이 중요한 사안에 대해 자신의 판단력에 의지하여 국익을 보호하였다면, 오늘날에는 정보의 홍수 속에서 국익증진에 도움이 될 수 있는 정보를 찾고 알려야 하므로 판단력과 관찰력은 외교관이 갖추어야 할 중요한 소양 중 하나입니다.

대한민국 외교공무원에 대해

교육훈련

우선 외교통상부 소속 외교안보연구원에서 기본교육(외교관 기본과정, 통상 4~5개월)을 이수하게 됩니다. 신규채용된 공무원은 관련법령에 따라 기본교육을 이수해야 하는데, 외교관 기본과정은 국제업무를 전문적으로 다루게 되는 외교직 공무원의 특수성을 감안하여 공무원으로서의 소양교육 이외에도 영어교육, 국제정치·안보, 통상 및 국제경제 등 다양한 분야의 교과목으로 구성되어 있습니다.

외교관 기본과정을 마친 이후에는 곧바로 외교통상부 본부의 각 부서로 실무수습을 위해 배치됩니다. 부서배치에는 본인희망 및 인력수급사정이 고려됩니다. 국가공무원법 제29조에 따라 신규채용된 5급 공무원은 1년간의 시보기간(6급이하는 6개월)을 가지게 되므로, 기본교육기간과 본부에서의 실무수습기간을 합한 최초 1년의 기간 동안 행정자치부(공무원채용시험 관장기관) 소속의 시보공무원으로서의 신분을 유지합니다. 시보공무원은 보수 등 대우에 있어서는 정규 공무원과 별 차이가 없으나, 일종의 시험평가기간에 있는 관계로 신분보장이 제한적으로 적용됩니다. 시보기간이 만료되면 외교통상부 소속의 정규 사무관으로 임용됩니다.

공무원에 대한 국외연수 기회는 일반직 공무원의 경우에도 상당수 주어지고 있으나, 외교직의 경우는 일생을 통해 외국인을 상대로 외교활동을 전개해야 하는 업무환경의 속성상 신규채용자 전원에 대한 해외연수 파견이 원칙으로 되어 있습니다. 초급외교관에 대한 국외훈련은 군인에 대한 신병훈련소 교육에 비유되기도 합니다.

국외연수 기간은 영어연수는 2년, 제2외국어 연수는 3년(영어 1년 포함)으로 되어 있습니다. 해외연수는 재외공관 근무 이전의 정규사무관으로서 외교안보연구원에서 시행하는 어학검정에서 일정수준 이상의 등급을 취득한 직원에게 기회가 주어지며, 연수국가와 연수분야의 선정에 있어서는 외교활동 전개에 직접적인 도움이 된다는 전제하에 본인의사를 가급적 존중하고 있습니다. 신규채용자 국외훈련의 일차적 목적은 외교활동에 필요한 어학능력 제고에 있고, 연수종료 이후에는 반드시 어학능력의 향상 정도를 평가받게 되어 있으며, 결과는 추후 인사관리에 반영됩니다. 국외연수 기간 중에는 대체로 해외의 대학원 과정에 파견되어 여타 학생과 동일하게 공부하게 되는데, 국외연수가 단순한 언어기술 습득에 국한되지 않고 전문지식과 논리력 향상이 병행될 수 있도록 통상, 국제법, 환경, 국제정치 등 분야의 전문학습도 중시되고 있습니다. 실제로 상당수 직원들이 해외연수를 통해 향후 경력관리(career-building)를 위한 통상 등 외교분야의 전문성을 심화시키고 있습니다.

유엔이란

유엔은 국가간의 전쟁을 방지하고 평화를 유지하기 위해 만든 국제기구입니다. 1920년에 창설된 국제연맹이 제 구실을 하지 못해 결국 제2차 세계대전이 일어났습니다. 제2차 세계대전 중 연합국은 국제평화와 안전을 유지하기 위한 새로운 국제기구의 필요성을 느꼈고, 1942년 미국 대통령 프랭클린 루스벨트에 의해 '유엔(UN, United Nations)' 이라는 용어가 처음 공식적으로 사용되었습니다. 현재 회원국은 193개국이며, 남북한은 1991년 함께 가입했습니다.

유엔의 역할은 크게 국제평화를 유지하고, 경제·사회·문화 등 각종 분야의 국제협력을 도모하며, 국제규범을 통해 지구촌의 문제가 악화되는 것을 방지하는 것 등으로 요약할 수 있습니다.

유엔은 주로 어떤 일을 하나요

유엔은 제2차 세계대전과 같은 전 세계적 범위의 전쟁을 방지하고, 국가간 분쟁에 개입하여 평화적으로 해결할 수 있도록 조정하는 일을 합니다. 유엔은 군비축소위원회 등을 두고 있으며, 핵무기 보유 및 확산을 방지하기 위해 각국에 사찰단을 파견하여 감시 및 통제를 하고 있습니다. 현재 북한의 핵보유 의혹으로 우리나라, 미국, 일본 등을 중심으로 한국에너지개발기구(KEDO)가 설립되어 활동 중입니다. 이외에도 경제적·사회적·문화적·인도적 차원에서 국가간 활발한 교류와 협력을 증진시키기 위한 활동을 하고 있습니다. 특히 선진국과 후진국의 경제격차를 해소하기 위해 1964년 유엔무역개발회의(UNCTAD)를 설립하고, 개발도상국 수출품에 대한 관세인하 등의 특혜조치를 취하였습니다.

유엔에는 어떤 조직이 있나요

유엔은 총회를 비롯하여 사무국·안전보장이사회·경제사회이사회·신탁통치이사회·국제사법재판소의 6개 주요기구와 그 관할 아래 많은 보조기구와 16개의 전문기구가 있습니다.

총회(General Assembly)는 모든 회원국이 참여하는 유엔의 최고기관으로, 유엔의 모든 활동에 대해 심사하고 통제할 수 있는 권한과 재정문제, 신규회원국의 가입문제, 각종 이사국의 선출 등에 대한 권한을 가집니다.

안전보장이사회(Security Council)는 국제평화와 안전유지에 관련된 일을 하며, 회원국을 탈퇴시키거나 일정한 권리를 박탈할 수 있는 발의권을 가집니다. 이외에도 유엔 사무총장 및 국제사법재판소 판사를 선출하기도 합니다.

경제사회이사회(Economic and Social Council)는 유엔의 직속기관이 아닌 독립된 전문기구들을 관리하고, 그 기구들의 활동을 조정하는 등 유엔과의 협력관계를 유지하는 역할을 합니다.

신탁통치이사회(Trusteeship Council)는 유엔의 감독 아래 신탁통치에 관한 문제를 다룹니다. 신탁통치란 정치적 혼란이 우려되는 지역을 잠정적으로 대신 통치해줌으로써 정치적인 안정을 찾아주는 것을 뜻합니다. 유엔 창설 초기에는 신탁통치 지역이 아프리카 및 태평양에 있는 11개 지역이었으나, 1994년 10월 마지막 신탁통치 지역인 팔라우가 미국으로부터 독립함에 따라 신탁통치이사회는 사명을 다하고 해산되었습니다.

국제사법재판소(International Court of Justice)는 '세계법원'이라고도 불리는 유엔의 사법기관으로, 국제사회의 분쟁을 법적으로 해결해주는 역할을 담당하고 있습니다. 국제사법재판소는 15명의 재판관으로 구성되어 있으며, 임기는 9년이고 중임할 수 있습니다.

사무국(Secretariat)은 평화유지군의 편성과 지휘 외에 국제분쟁의 원인을 조사하고 조정하는 역할 등을 담당하고 있습니다.

유엔에 들어가려면
무엇을 어떻게 준비해야 하나요

국제공무원들의 지위는 일의 내용과 책임에 따라 국장 이사급(사무총장, 사무차장, 사무차장보), 관리직, 전문직, 일반사무직 네 가지로 나뉩니다. 이중 국장 이상급과 관리직은 내부에서 임명되는 경우가 많고, 일반 사무직은 현지에서 채용하는 경우가 대부분이므로 한국인이 주로 지원하는 분야는 전문직입니다.

국제공무원이 되기 위해서는 채용분야와 관련해 가능하면 석사학위 이상의 학력을 소지해야 하며, 지원분야와 관련해서 다국적기업이나 외국정부기관에 다양한 근무 경험이 있어야 합니다. 무엇보다 중요한 것은 유창한 영어나 프랑스어 구사능력입니다. 여기에 유엔 공용어로 사용되는 중국어, 러시아어, 스페인어, 아랍어 등을 구사할 수 있으면 채용시 유리합니다.

채용절차는 서류심사 – 필기시험 – 인터뷰 순이며, 인터뷰는 영어나 프랑스어로 진행됩니다. 인터뷰를 통과하면 공석이 생길 경우 1년 이내에 발령을 받게 됩니다. 공개채용시험(NCRE) 이외에도 초급전문가(JPO) 시험, 젊은 전문가 프로그램(YPP), 인턴제도, 유엔의 공석공고와 채용방문, 외교부의 후보자등록제도 등을 통해 유엔 및 국제기구에 진출할 수 있습니다.

유엔 사무총장은 어떻게 임명되나요

안전보장이사회는 사무총장을 선출할 수 있는 권한을 가지는 기관입니다. 안전보장이사회에서 각 후보를 상대로 비밀투표를 실시해 가장 많은 표를 얻은 사람을 총회에 추천합니다. 지금까지 안전보장이사회에서 정한 후보가 총회에서 승인되지 않은 사례는 단 한 차례도 없어, 사실상 안전보장이사회에서 사무총장이 결정된다고 할 수 있습니다. 5년 임기의 유엔 사무총장은 대륙별로 돌아가며 뽑는 것이 일종의 관행으로 굳어져 있습니다.

유엔 사무총장의 지위와 역할은 무엇인가요

사무총장은 유엔의 수석행정관으로, 어떤 국가나 기구의 지시 또는 영향을 받지 않는 국제공무원입니다. 외국을 방문할 때는 국가원수나 총리급 대우를 받으며, 4만여 명의 유엔 직원들의 인사권과 막대한 예산을 집행할 수 있는 권한을 가집니다. 사무총장의 임기는 5년이지만 중임할 수 있습니다.

사무총장의 주요권한은 국제분쟁을 예방하고 중재하는 일입니다. 사무총장은 국제 평화와 안전유지에 위협이 된다고 판단되는 사안에 대해서는 안전보장이사회에 의견을 제시할 수 있습니다. 또한 분쟁지역에 특사를 파견하거나 중재자로 나서 평화적 합의를 이끌어내기도 합니다.

**SECRETARY-GENERAL
TELLS GENERAL ASSEMBLY
'IT HAS BEEN A GREAT PRIVILEGE TO SERVE;
THAT YOU SHOULD ASK ME TO SERVE ONCE
AGAIN MAKES IT ALL THE GREATER.'**

*New York, 21 June 2011

With your decision this afternoon – with your warm words –you do me a very great honor, beyond expression. Standing in this place, mindful of the immense legacy of my predecessors, I am humbled by your trust and enlarged by our sense of common purpose.

This solemn occasion is special in another respect. On being sworn in , a few moments ago, I placed my hand on the United Nations Charter –not a copy, but the original signed in San Francisco. Our Founding Fathers deemed this document so precious that it was flown back to Washington, strapped to it sown parachute. No such consideration was given to the poor diplomat accompanying it; he had to take his

'그동안 유엔 사무총장으로서 봉사해온 것은
제게 영광이었고 다시 한번 그 기회를 부여받은 것은
더할 나위 없는 영광입니다.'

*뉴욕, 2011년 6월 21일

오늘 오후 여러분들께서 내리신 결정과 진심어린 말씀으로 인해, 저는 이루 말할 수 없는 큰 명예를 안게 되었습니다. 지금 이 자리에 서서 저는 전임 사무총장님들께서 남기신 거대한 유산을 마음 깊이 새겨 봅니다. 그리고 여러분의 신뢰로 더욱 겸손해지며, 인류 공동의 목표 앞에서 더 많은 능력을 발휘하는 사람이 되고자 합니다.

오늘 이 취임식이 특별한 이유는 또 있습니다. 조금 전 저는 취임선서를 하면서, 1945년 6월 샌프란시스코에서 50개국 대표에 의해 서명된 유엔 헌장 원본에 제 손을 얹었습니다. 이로써 저는 유엔 헌장 원본에 손을 얹고 취임서약을 한 최초의 사무총장이 되었습니다. 유엔 헌장은 취임식을 위해 워싱턴에서 이곳으로 공수되어졌고 바로 워싱턴 국

chances. We thank the United States National Archives for their generosity in lending it today, and for their care in preserving it.

The charter of the United Nations is the animating spirit and soul of our great institution. For 65 years, this great Organization has carried the flame of human aspiration – "We the peoples". From the last of the great world wars, through the fall of the Berlin Wall and the end of apartheid, we have fed the hungry, delivered comfort to the sick and suffering, brought peace to those afflicted by war. This great Organization, dedicated to human progress – United Nations.

We began our work together, four and a half years ago, with a call for a "new multilateralism" - a new spirit of collective action. We saw, in our daily work, how all the world's people look more and more to the United Nations. We knew then – and more so now – that we live in an era of integration and interconnection, a new era where no country can solve all challenges on its own and where every country should be part of the solution. That is the reality of the modern world. We can struggle with it or we can lead it.

The role of the United Nations is to lead. Each of us here today shares that heavy responsibility. It is why the United Nations matters in a different and deeper way than ever before. To lead, we must deliver results. Mere statistics will not do. We need results that people can see

턴 국립기록보관소로 다시 보내졌습니다. 그 헌장을 공수했던 분 역시 이 일을 위해 위험을 감수해야 했습니다. 그동안 헌장의 보관을 위해 노력하고 또한 오늘 헌장이 뉴욕에 도착할 수 있도록 배려를 아끼지 않은 국립기록보관소에 감사를 드립니다.

유엔 헌장은 이 위대한 기구의 살아 움직이는 정신이자 영혼입니다. 지난 65년 동안 이 위대한 기구는 "세계는 하나"라는 인류 소망의 불꽃을 품어왔습니다. 세계대전 종결, 베를린장벽의 붕괴, 아파르트헤이트 종식에 이르기까지, 우리는 배고픈 사람에게 음식을 제공하고, 아프고 고통받는 이들에게는 안식을, 전쟁으로 고통받는 사람들에게는 평화를 주었습니다. 이렇게 인도적 발전에 헌신해온 위대한 기구가 바로 유엔입니다.

4년 반 전, 우리는 집단행동의 새로운 정신인 신다자주의를 주창하며 함께 일을 시작했습니다. 그동안 일해 오면서 우리는 세계 모든 사람들이 점점 더 유엔에 희망을 걸고 있다는 것을 매일 확인할 수 있었습니다. 우리는 융화와 상호소통의 시대, 즉 그 어느 나라도 모든 문제들을 단독적으로 해결할 수 없고 모든 나라가 그 해결의 한 축이 될 수 있는 그런 시대에 살고 있다는 것도 알게 되었습니다. 이것이 지금 세계의 현실입니다. 힘들게 싸워나가야 할 수도, 혹은 이끌어 나갈 수도 있는 그런 현실 말입니다.

이 현실을 이끌어 나가는 것이 유엔의 역할입니다. 그리고 오늘 여기에 모인 우리 모두 그 중대한 임무를 공유하고 있습니다. 이것이 유엔이 그 어느 때보다도 색다르고 깊이 있는 방식으로 중요해진 이유입

and touch, results that change lives – make a difference.

Working together, with goodwill and mutual trust, we have laid a firm foundation for the future. When we began, climate change was an invisible issue. Today, we have placed it squarely on the global agenda. When we began to work together, nuclear disarmament was frozen in time. Today, we see progress. We have advance on global health, sustainable development and education. We are on track to eliminate deaths from malaria. With a final push, we can eradicate polio, just as we did smallpox long ago. We have shielded the poor and vulnerable against the greatest economic upheaval in generations. Amid devastating natural disasters, we were there, saving lives – in Haiti, Pakistan, Myanmar.

As never before, the United Nations is on the front lines protecting people and also helping build the peace – in Sudan, the Democratic Republic of the Congo and Somalia in Afganistan, Iraq and the Middle East. We have stood firm for democracy, justice and human rights - in Cote d'Ivoire, North Africa and beyond. We have carved out a new dimension for the "responsibility to protect". We created UN Women to empower women everywhere. That includes the United Nations system itself. And yet, we never forget how far we have to go.

We must continue the important work that we have begun together.

니다. 이끌어 나아가기 위해서는 결과물을 만들어내야 합니다. 통계에 불과한 결과는 의미가 없습니다. 사람들이 보고 경험할 수 있는 결과, 삶을 변화시키는 결과, 변화를 이끌어내는 결과가 필요합니다.

선의와 성숙한 신뢰를 바탕으로 이루어진 작업을 통해, 우리는 미래를 위한 공고한 기초를 세웠습니다. 초기에만 해도 기후변화는 그리 중요한 주제는 아니었지만 지금은 글로벌 어젠다로 다루고 있습니다. 핵무기 해제 또한 한동안 정체상태였지만 지금은 진전을 보이고 있고 세계보건과 지속가능한 개발, 교육도 그러합니다. 말라리아로 인한 사망을 없애는 일도 지속하고 있습니다. 천연두가 그랬던 것처럼, 척수성 소아마비도 마지막 박차를 가하면 박멸할 수 있을 것입니다. 우리는 몇 세대에 걸친 경제적 격변에 맞서 가난하고 소외된 사람들을 보호해왔습니다. 아이티, 파키스탄, 미얀마에서 있었던 파괴적인 자연재해의 중심에서 우리는 인명을 구했습니다.

과거와 달리 유엔은 수단, 콩고, 소말리아, 아프가니스탄, 이라크, 중동에서 인명보호와 평화건설을 위해 최일선에서 뛰고 있습니다. 코트디부아르와 북아프리카 등에서는 민주주의와 정의, 인권을 굳건히 지키기 위해 노력해왔습니다. "보호의 의무"를 위한 새로운 차원을 개척해 왔으며, 세계 여성들의 권익신장을 위해 유엔 여성 통합기구를 만들기도 했습니다. 하지만 아직 갈 길이 멀다는 것 또한 절대 잊지 않고 있습니다.

함께 시작한 이 중요한 일을 우리는 지속해 나가야 합니다. 미래를 내다본다면, 단호하면서도 조화로운 행동을 위해 꼭 필요한 것이 무엇

As we look to the future, we recognize the imperative for decisive and concerted action. In economic hard times, we must stretch resources – do better with less. We must improve our ability to "Deliver as One". We must do more to connect the dots among the world's challenges, so that solutions to one global problem become solutions for all - on women's and children's health, green growth, more equitable social and economic development. A clear time frame lies ahead : the target date for the Millennium Development Goals in 2015; next year's "Rio+20" Conference; the high-level meeting on nuclear safety in September; and the Nuclear Security Summit in Seoul next year.

In all this, our ultimate power is partnership. Our legacy, such as it may be, will be written in alliance – the leaders of the world, leading in common cause. As in the past, I count on your support and even deeper partnership. By acing decisively to renew my mandate, you have given the gift of time –time to carry on the important work that, together, we have begun. In the months to come, we will be reaching out to you for your views and ideas. Drawing on those discussions, I shall present our broader long-term vision at the next General Assembly in September.

My predecessor Dag Hammarskjold once said : "Never for the sake of 'peace and quiet' deny your own experienced or conviction." Like my distinguished forebear, I take this lesson to heart.

인지 알 수 있습니다. 경제적으로 어려운 이때, 우리는 인력을 최대한 활용해야 합니다. 즉 더 적은 재원을 통해 더 나은 결과를 만들어 내야만 합니다. "하나되어 성취하기" 위하여 우리의 능력을 개발해야만 합니다. 여성과 아동의 보건, 녹색성장, 더 공정한 사회경제적 발전이라는 여러 이슈들을 다룰 때, 우리는 어떤 한 문제에 대한 해결책이 다른 모든 문제들의 해결의 물꼬를 틀 수 있게 할 수 있습니다. 이는 마치 흩어져 있는 점들을 서로 연결시키는 것과 같고, 이를 위해 우리는 많은 일들을 해야 할 것입니다. 이를 위한 구체적인 계획도 나와 있습니다. 2015년 개최를 목표로 하는 새천년개발계획, 내년에 열릴 Rio+20 회의, 9월에 열릴 핵안전에 관한 고위급회의 그리고 내년에 서울에서 개최될 핵안보 정상회의가 그것입니다.

이 모든 것들을 가능하게 할 우리의 궁극적인 힘은 협력입니다. 우리의 유산은 공동의 대의에 대한 논의를 시작으로 하여 세계 지도자들의 동맹 안에서 계속 기록될 것입니다. 과거와 마찬가지로 저는 여러분의 지지와 신실한 협력이 필요합니다. 저의 사무총장 연임에 대한 지지를 결정하고 투표로 이를 실천하심으로써 여러분은 시간이라는 선물, 즉 함께 시작한 중요한 일을 계속해 나갈 수 있는 시간을 저에게 주셨습니다. 저는 앞으로 몇 달간 여러분들의 생각과 의견을 취합하고자 합니다. 이 논의과정을 거쳐 저는 9월에 열릴 총회에서 광범위한 장기 비전을 제시할 것입니다.

전임 사무총장이셨던 하마슐드는 이렇게 말했습니다. "평화와 안정을 위해 결코 본인의 경험이나 신념을 부정하지 마십시오." 제 고귀한 선배가 그랬던 것처럼 저도 이 교훈을 가슴에 새기고자 합니다.

It has been a great privilege to serve as your Secretary-General. That you should ask me to serve once again makes it all the greater. With gratitude for your support and encouragement, and honoring your trust, I pledge my full commitment to accept your support. I am proud and humbled to accept. As Secretary-General, I will work as a harmonizer and bridge-builder among Member States, within the United Nations system and between the United Nations and a rich diversity of international partners.

To quote the great philosopher Lao-tzu: "The way of heaven is to benefit others and not to injure. The way of the sage is to act but not compete." Let us apply this enduring wisdom to our work today. Out of the competition of ideas, let us find unity in action.

Honoring your trust, I pledge my full commitment, my full energy and resolve to uphold the fundamental principles of our sacred Charter. Together, let us to all we can to help this noble Organization better serve "we the peoples" of the world. Together, no challenge is too large. Together, nothing is "impossible".

Thank you.

유엔 사무총장으로 봉사한 것은 저에게 크나큰 영광이었고, 다시 한 번 그 기회를 갖게 된 것은 더할 나위 없는 영광입니다. 여러분의 지지와 격려에 감사드리고, 여러분의 신뢰에 대한 경의를 표하며, 여러분의 지지를 수락하여 헌신할 것임을 서약합니다. 저는 자랑스럽고 겸손한 마음으로 이 직분을 수락합니다. 유엔 사무총장으로서 저는 유엔 시스템 안에서 회원국들 간 그리고 유엔과 다양한 국제 파트너들 사이에서 조화를 만들어 나가는 사람, 다리 역할을 하는 사람으로 일하겠습니다.

위대한 철학자 노자의 말을 인용하고자 합니다. "하늘의 도리는 이로움을 주되 해치지 아니하며, 성인의 도리는 행동으로 실천하되 다투지 않는다." 이 불후의 지혜를 지금 우리의 일에 적용합시다. 경쟁의 사고에서 벗어나 화합하여 행동할 수 있는 방법을 찾아냅시다.

여러분의 신뢰를 영광스럽게 생각하며, 우리 신성한 헌장의 기본원칙들을 유지하는 데 제 모든 에너지와 결의를 다할 것을 서약합니다. "세계는 하나"를 위해 이 고결한 조직이 더 잘 봉사할 수 있도록 돕기 위해 우리가 할 수 있는 모든 일을 함께합시다. 함께하면, 어떤 도전도 두렵지 않습니다. 함께하면, 불가능은 없습니다.

감사합니다.

제8대 유엔 사무총장으로 스트로 폴을 통해 선출된 후 2006년 10월 13일에 한 수락연설문입니다. 반기문 유엔 사무총장은 영어와 프랑스어를 번갈아 사용하여 수락연설을 했습니다. 프랑스어 연설부분은 영어로 번역하고 이탤릭체로 표시하여 소개하겠습니다.

ACCEPTANCE SPEECH ON APPOINTMENT AS THE 8th SECRETARY-GENERAL OF THE UNITED NATIONS

<u>*New York, 13 October 2006</u>

Madam President, Mr. Secretary-General, Excellencies, ladies and gentlemen,

I stand before you, deeply touched and inspired by your generous words of congratulations and encouragement. With boundless gratitude for the confidence placed in me by the Member States, and with an unswerving resolve to honor that trust, I humbly accept the appointment as the 8th Secretary-General of this great Organization, our United Nations. I wish to extend my deepest respect and appreciation to all the leaders and peoples of the Member States for their strong support.

Thank you, Madam President, for graciously preparing and guiding

제8대 유엔 사무총장 임명수락 연설

*뉴욕, 2006년 10월 13일

의장님, 사무총장님 그리고 내외귀빈 및 신사 숙녀 여러분.

여러분의 아낌없는 축하와 격려에 깊이 감동받고 고무되어 이 자리에 섰습니다. 저를 믿어주신 회원국 여러분께 끝없는 감사를 표합니다. 그 신뢰를 저버리지 않겠다는 굳은 결심을 하며, 저는 겸허한 마음으로 이 훌륭한 조직, 즉 우리 유엔의 여덟번째 사무총장직을 수락합니다. 저를 강력히 지지해주신 모든 회원국의 지도자와 국민께 깊은 존경과 경의를 보냅니다.

오늘의 이 자리를 마련하고 살펴주신 의장님께 감사드립니다. 성공적인 회기(會期)를 위해 현명하게 총회를 이끄시는 의장님을 도와 함께 일할 것을 생각하니 가슴이 뜁니다.

the meeting today. I greatly look forward to supporting you and working with you, as you wisely steer the Assembly toward a very successful session.

Madam President, I follow in a line of remarkable leaders. They had also faced this moment, each at a critical juncture in the Organization's history. Like myself today, they must have pondered what the years ahead would hold at the helm of this dynamic institution. Each made important and lasting contributions to our common enterprise in upholding humanity's deepest values and highest aspirations.

In particular, you, Mr. Secretary-General, have astutely guided our Organization into the 21st century. You have defined an ambitious agenda that has made the UN truly indispensible to peace, prosperity and human dignity around the world. Our debt to your courage and vision is immeasurable. I resolve to build upon your legacy.

Distinguished delegates, By completing the appointment of the next Secretary-General with such alacrity, you have opened an unprecedented opportunity. Never before has an incoming Secretary-General been given sufficient time to prepare. You have given me more than two months. I will use these weeks to consult widely on how best to proceed with our common agenda of reform and revitalization, I will listen attentively to your concerns, expectations and admonitions.

의장님, 저는 역대 사무총장님들의 훌륭했던 발자취를 따르고 있습니다. 그분들 역시 이 순간을 경험하셨습니다. 각각이 유엔의 역사에서 중대한 전기에 있었습니다. 오늘의 저와 같이, 그분들 역시 이 역동적인 조직의 타륜을 잡으며, 다가올 날들에 관해 숙고했음이 분명합니다. 그분들 모두가 인간성의 가장 깊은 가치와 가장 높은 열망을 지켜내기 위한 우리의 공동과업에 중요하고 지속적인 기여를 했습니다.

특히 코피 아난 사무총장님. 당신은 깊은 통찰력으로 유엔을 21세기로 잘 인도했습니다. 또한 유엔이 세계의 평화와 번영과 인간 존엄성에 진정으로 필수불가결한 존재가 되도록 하겠다는 야심 찬 목표를 세우셨습니다. 당신의 용기와 비전에 우리는 큰 빚을 지고 있습니다. 저는 당신의 업적을 계승해 나갈 것을 결심합니다.

존경하는 대표단 여러분, 여러분은 차기 유엔 사무총장의 선임을 신속하게 완료해주셨고, 이것은 전례 없는 기회를 열었습니다. 후임 사무총장에게 충분한 준비기간이 주어졌던 적은 단 한 번도 없었습니다. 여러분은 제게 두 달 이상의 시간을 주셨습니다. 이 기간에 저는 우리의 공동목표, 즉 유엔을 개혁하고 새로운 활력을 불어넣는 일을 계속 추진할 최선의 방법에 관해 폭넓은 자문을 구하겠습니다. 여러분의 염려와 기대와 충고에 진지하게 귀 기울일 것입니다.

Distinguished delegates, I am deeply honored to become the second Asian to lead the Organization, following Mr. U Thant who ably served the world four decades ago. It is quite fitting that you have now turned to Asia again for the next Secretary-General to guide the UN system through its 7th decade. Asia is dynamic and diverse, and Asia aspires to take on greater responsibilities for the world Having come so far and rising still, the region is living and shaping the full range of achievements and challenges of our current times.

Asia is also a region where modesty is a virtue. But the modesty is about demeanor, not about vision and goals. It does not mean the lack of commitment or leadership. Rather, it is quiet determination in action to get things done without so much fanfare. This may be the key to Asia's success, and to the UN's future. Indeed, our Organization is modest in its means, but not in its values. We should be more modest in our words, but not in our performance. The true measure of success for the UN is not how much we promise, but how much we deliver for those who need us most. Given the enduring purposes and inspiring principles of our Organization, we need not shout its praises or preach its virtues. We simply need to live them every day: step by step, program by program, mandate by mandate.

Madam President, The surge in demand for UN services attests not only to the UN's abiding relevance but also to its central place in advancing human dignity. The UN is needed now more than ever

존경하는 대표단 여러분, 40년 전, 세계를 위해 훌륭한 봉사를 펼치신 우탄트 사무총장님에 이어 제가 아시아 인으로는 두 번째로 유엔을 이끌게 되었다는 점에 깊은 자부심을 느낍니다. 창설 70돌의 유엔을 이끌어갈 차기 사무총장을 찾기 위해 여러분께서 다시 아시아로 눈을 돌리셨던 것은 참으로 적절했습니다. 아시아는 역동적이고 다양합니다. 또한 세계를 위해 좀 더 큰 책임을 맡을 수 있기를 열망하고 있습니다. 이만큼 달려왔고, 또 여전히 떠오르는 아시아는 우리 시대의 성장과 도전의 모습을 충분히 대변하고 있습니다.

아시아는 겸손을 미덕으로 여깁니다. 하지만 겸손은 행실에만 국한됩니다. 비전과 목표에서는 아닙니다. 겸손은 결코 헌신이나 리더십의 부족을 의미하지 않습니다. 오히려 너무 많은 팡파르 없이 과업을 완수하는 조용한 결단력입니다. 이것이 아마 아시아 성공의 열쇠인 동시에, 유엔의 미래일 것입니다. 사실 유엔은 그 수단에 있어선 겸손합니다. 하지만 실천은 그렇지 않습니다. 유엔의 성공을 가늠하는 진정한 척도는 우리가 얼마나 많은 약속을 하느냐가 아니라, 우리를 필요로 하는 이들을 향해 얼마나 빨리 달려갈 수 있느냐입니다. 유엔의 항구적 목적과 고무적 원칙을 소리 높여 예찬하거나 그 덕목을 선전할 필요는 없습니다. 다만 그것을 매일 실천하는 것이 중요합니다. 하나씩 하나씩, 계획에서 계획으로, 임무에서 임무로 말입니다.

의장님, 유엔에 대한 필요가 넘쳐나고 있습니다. 이것은 단지 유엔의 변함없는 타당성뿐 아니라, 유엔이 인간 존엄성의 향상에 중추적 역할을 하고 있음을 증명합니다. 과거 어느 때보다도 유엔이 더욱 필요한 때입니다. 지난 세기 유엔의 핵심사명은 국가간 분쟁을 막는 것이

before. The UN's core mission in the previous century was to keep countries from fighting each other. In the new century, the defining mandate is to strengthen the inter-state system so that humanity may be better served amidst new challenges From the Balkans to Africa, from Asia to the Middle East, we have witnessed the weakening or absence of effective governance leading to the ravaging of human rights and the abandonment of longstanding humanitarian principles. We need competent and responsible states to meet the needs of "we the peoples" for whom the UN was created. And the world's peoples will not be fully served unless peace, development and human rights, the three pillars of the UN, are advanced together with equal vigor.

The road that we must pave toward a world of peace, prosperity and dignity for all has many pitfalls. As Secretary-General, I will make the most of the authority invested in my office by the Charter and the mandate you give me. I will work diligently to materialize our responsibility to protect the most vulnerable members of humanity and for the peaceful resolution of threats to international security and regional stability

Madam President, In order to meet these growing mandates and expectations, we have engaged in the most sweeping reform effort in the history of the Organization. The very scope of the reform has taxed the attention and energies of both the delegations and the Secretariat. But we must stay the course. We need to muster

었습니다. 새로운 세기에 들어선 지금, 그 임무는 국가간 시스템을 강화함으로써 새로운 도전들 안에서 인간성을 높이는 일이 됐습니다. 발칸반도에서 아프리카까지, 아시아에서 중동에 이르기까지, 우리는 올바른 통치의 약화나 부재를 목격했습니다. 이것은 인권의 유린과 오래 이어온 인도주의 원칙들의 포기로 이어집니다. 유엔은 '우리, 즉 인류'를 위해 창설됐습니다. 그 목적에 부합하기 위해서는 유능하고 책임감을 지닌 국가들이 필요합니다. 그리고 유엔을 떠받치는 세 개의 기둥인 평화와 번영과 인권이 동등한 수준으로 함께 발전되지 않는 한 세계인들은 완전한 도움을 받지 못할 것입니다.

모두를 위한 평화와 번영과 존엄의 세상을 만들기 위해 우리가 반드시 닦아야 할 길에는 함정들이 많습니다. 사무총장으로서 저는 유엔 헌장이 제게 부여한 권한과 여러분이 제게 위임한 권리를 최대한 활용할 것입니다. 인권이 취약한 회원국을 보호하고, 국제안보와 지역 안정에 위협이 되는 요소들을 평화적으로 해결하기 위해 구체적인 일들을 부지런히 해나갈 작정입니다.

의장님, 이처럼 늘어나는 임무와 기대를 충족키 위해 우리는 유엔 역사상 가장 대대적인 개혁의 노력을 해왔습니다. 그 개혁의 규모가 크기 때문에 회원국과 유엔 사무국 모두의 관심과 열정이 필요합니다. 하지만 방향을 잃지는 말아야 합니다. 인적자원, 제도적자원, 지적자원 등을 규합하고, 그것을 올바로 체계화해야 합니다. 우리는 '밀레니엄 개발목표'를 달성하고, 평화유지 활동을 확대하며, 테러의 위협과

the human, institutional and intellectual resources, and to organize them properly. We should do our part in meeting the Millennium Development Goals, the expanding peace operations, the threats posed by terrorism, WMD proliferation, HIV/AIDS and other pandemics, environmental degradation, and the imperatives of human rights.

Let us remember that we reform not to please others, but because we value what this Organization stands for. We reform because we believe in its future. To revitalize our common endeavor is to renew our faith not only in the UN's programs and purposes but also in each other. We should demand more of ourselves as well as of our Organization. To cut through the fog of mistrust is going to require more intensive dialogue. We cannot change everything at once. But if we choose wisely, and work together transparently, flexibly and honestly, progress in a few areas will lead to progress in many more. Only the Member States can revitalize this Organization. But I will always be there to assist and facilitate as needed.

Madam Présidént, distinguished delegates, The conduct of my office as Secretary-General will be open, accessible, and accountable, I will seek to build consensus through a free exchange of ideas and critiques. Only by the candid, open testing of ideas and proposals can we identify better means of serving the peoples of the world. I will be accessible and proactive in reaching out to all stake-holders.

대량살상무기 확산 그리고 에이즈 및 기타 유행성 질병들로부터의 위협을 해소하고, 환경파괴와 긴급한 인권문제에 놓인 우리의 소명을 반드시 수행해야 합니다.

개혁은 남을 위해 하는 것이 아닙니다. 우리가 유엔의 가치를 높이 평가하기 때문에 하는 것임을 명심해야 합니다. 유엔의 미래를 믿기 때문에 개혁을 하는 것입니다. 우리의 공동 노력에 새 생명을 불어넣기 위해서는 우리의 믿음부터 새로이 해야 합니다. 단지 유엔의 활동 안에서뿐 아니라 국가 상호간에도 말입니다. 우리는 유엔은 물론, 스스로에게도 더욱 많은 것을 요구해야 합니다. 불신의 안개를 뚫고 가기 위해서는 더 많은 진지한 대화가 필요합니다. 모든 것을 한 번에 바꿀 수는 없습니다. 하지만 우리가 현명하게 선택한다면, 그리고 투명하고 유연하고 정직하게 협력한다면 몇 개 분야에서 진전을 이룰 것이며, 이는 더 많은 분야에서의 발전으로 이어질 것입니다. 오직 회원국들만이 유엔에 새 생명을 불어넣을 수 있습니다. 저는 항상 여러분을 돕고 지원하기 위해 그곳에 있을 것입니다.

의장님 그리고 존경하는 대표단 여러분, 저의 사무총장 사무실은 열려 있을 것입니다. 그러나 개방적인 동시에 책임감이 있을 것입니다. 자유로운 의견과 비판의 상호교환을 통해 합의를 도출하려 노력하겠습니다. 오직 진솔하고 열려 있는 생각과 제안의 검토를 통해서만 우리라는 인류를 섬기는 좀 더 나은 방법을 찾을 수 있습니다. 저는 만나기 쉬운 사람이 될 것입니다. 또한 모든 사람들에게 적극적으로 다가갈 것입니다. 특히 모든 인류에 좀 더 가까운 유엔을 만들기 위해, 저는 대

In particular, to bring the UN closer to the people, I will widely engage civil society in dialogue. I will actively seek the support and input of advocacy groups, businesses, and other constituents of the global citizenry for the good of the Organization. My tenure will be marked by ceaseless efforts to build bridges and close divides. Leadership of harmony not division, by example not instruction has served me well so far. I intend to stay the course as Secretary-General.

I will be fully accountable for the management of this institution. Member States set the mandates and provide the resources. If the resources are not sufficient for the task at hand, I will not be shy about telling you so. But once we in the Secretariat have taken on a task, we must accept full responsibility for its achievement.

Madam President, I am eager to join the ranks of the world's premier secretariat. I have deep respect and admiration for the able, dedicated, and courageous men and women who serve this Organization day in and day out, often in the face of danger and personal sacrifice. To them, I pledge my utmost support, dedication and solidarity.

Maintaining their proud heritage, while vigorously holding them to the highest standards of professionalism and integrity will be a prime goal of my tenure. The aim of Secretariat reform is not to penalize but to reward, so that their talent and skill, experience and dedication

화를 통해 시민사회와 넓게 교감할 것입니다. 저는 유엔의 선한 목표를 위해 후원단체와 경제계, 기타 전세계 시민사회 구성원들의 적극적인 지원과 참여를 구할 것입니다. 제 임기는 다리를 놓고 분열을 메우기 위한 노력으로 점철될 것입니다. 지금까지 저는 분열이 아닌 조화의 리더십으로 그리고 명령이 아닌 본보기의 리더십으로 잘 이끌어왔습니다. 사무총장으로서 저는 이 원칙들을 계속 지켜나갈 각오입니다.

저는 앞으로 유엔 사무국의 운영을 전적으로 책임지게 됩니다. 회원국들은 유엔이 할 일을 정하고 필요한 자원을 제공합니다. 만약 일을 해나가기 위해 손에 든 자원이 부족하다 판단되면 주저 않고 여러분께 요청드릴 것입니다. 그러나 우리 사무국이 일단 하나의 짐을 짊어지기로 결정한다면, 그다음엔 모든 책임을 지고 임무를 제대로 완수하겠습니다.

의장님, 유엔 사무국의 직원들은 세계 최고 수준입니다. 저는 그들과 함께 일하길 고대합니다. 매일 밤낮으로, 종종 위험과 개인적인 희생을 감수하며 유엔을 섬기는 이 유능하고 용감하며 헌신적인 직원들께 깊은 존경과 감탄을 보냅니다. 저는 그들이 일을 제대로 할 수 있도록 최대한의 지원과 헌신, 결속을 약속하겠습니다.

직원들이 이 자랑스러운 유산을 지켜나가는 동시에, 최고의 전문성과 성실성을 적극적으로 보여주게 하는 것이야말로 제 임기 최고의 목표가 될 것입니다. 사무국 개혁의 목적은 그들에게 징벌이 아니라 보답을 주는 것입니다. 이렇게 할 때 그들이 갖고 있는 재능과 기술, 경험과 헌신이 아마도 충분히 동원되고 적절히 활용될 수 있을 것입니다.

may be fully mobilized and properly utilized. Rewarding hard work and excellence to boost morale, making everyone accountable for his/her own action or inaction, and pushing for greater gender balance, in particular at senior levels:

These will be my guide, as I rally the Secretariat staff for our very best performance in serving the Organization. As your Secretary-General, I am far from perfect, and I will need the unsparing support, cooperation and trust from all represented here. But I pledge to serve you well, with all of my heart and to the best of my abilities. I will seek excellence with humility. I will lead by example. Promises should be made for the keeping. This has been my motto in life. I intend to stick to it, as I work with all stakeholders for a UN that delivers on its promises.

Madam President, My heart is overflowing with gratitude toward my country and people who have sent me here to serve. It has been a long journey from my youth in war-torn and destitute Korea to this rostrum and these awesome responsibilities. I could make the journey because the UN was with my people in our darkest days. It gave us hope and sustenance, security and dignity. It showed us a better way. So I feel at home today however many miles and years I have traveled.

For the Korean people, the UN flag was and remains a beacon of better days to come. There are countless stories of that faith. One

사기진작을 위해 노고와 실력에 보답하고, 모두가 자신의 행동이나 태만에 책임지도록 하며, 여성의 참여기회가 더욱 늘어나도록 강력히 추진하겠습니다. 특히 고위급에서 이를 이루겠습니다.

이것이 제 나침반이 될 것입니다. 이를 지침 삼아 사무국 직원들과 함께 유엔을 섬기고 저희 능력의 최대치를 보여드리겠습니다.

여러분의 사무총장인 저는 완벽과는 거리가 먼 사람입니다. 때문에 저는 각국을 대표해 참석해주신 여기 모든 분들의 아낌없는 지지와 협력과 신뢰를 필요로 합니다. 하지만 저는 제 마음을 다해, 제 최고의 능력으로 여러분을 잘 보필할 것을 약속합니다. 저는 겸손으로 최상의 결과를 내겠습니다. 솔선수범으로 이끌 것입니다. 약속은 지키기 위해 존재합니다. 이것이 제 평생의 신조입니다. 약속을 이행하는 유엔을 만드는 데 기여하는 모든 회원국들과 함께 협력하며, 저 역시 제 약속을 지키겠습니다.

의장님, 제 마음은 저를 이 자리로 보내준 제 조국과 국민에 대한 감사로 넘칩니다. 전쟁에 찢기고 빈곤한 대한민국에서 어린 시절을 보낸 제가 이 연단에 서서 이처럼 엄청난 책임을 맡기까지는 참으로 긴 여정이었습니다. 그러나 저는 그 길을 걸어올 수 있었습니다. 왜냐하면 유엔은 대한민국의 가장 어두운 시기에 한국 국민과 함께 있었기 때문입니다. 유엔은 우리에게 희망과 음식 그리고 안전과 인간에 대한 존엄을 주었습니다. 우리에게 좀 더 나은 길을 보여주었습니다. 그래서 오늘 저는 집에 온 느낌입니다. 많은 거리와 시간을 여행해왔음에도 말입니다.

belongs to me. In 1956, when the Cold War was raging around the world, as a young boy of twelve, I was chosen to read out a public message, on behalf of my elementary school, addressed to the Secretary-General of the United Nations, Mr. Dag Hammarskjold. We urged him to help the people of a certain faraway European country in their fight for freedom and democracy. I hardly understood the deeper meaning of the message. But I knew that the UN was there for help in times of need.

Fifty years later, the world is a much more complex place, and there are many more actors to turn to. During those years, I have travelled many times around the world. I have been elated by the successes of the UN in making life better for countless people. I have also been pained by scenes of its failures. In too many places could I feel the dismay over inaction of the UN, or action that was too little or came too late. I am determined to dispel the disillusionment.

I earnestly hope that young boys and girls of today will grow up knowing that the UN is working hard to build a better future for them. As Secretary-General, I will embrace their hopes and hear their appeals. I am an optimist, and I am full of hope about the future of our global Organization. Let us work together for a UN that can deliver more and better.

Thank you for your kind attention.

한국 국민에게 유엔의 깃발은 다가올 좀 더 나은 미래의 등불이었으며, 지금도 그렇습니다. 그 믿음을 보여주는 예화들은 수없이 많습니다. 저도 하나 갖고 있습니다. 1956년, 냉전이 세계를 휩쓸던 시절이었습니다. 당시 열두 살 소년이었던 저는 초등학교를 대표해 웅변대회에 참가했습니다. 당시 유엔 사무총장이었던 다그 함마르셸드에게 드리는 글이었습니다. 우리는 그 글을 통해 그가 자유와 민주를 위해 싸우는 먼 유럽 어느 나라의 국민을 돕도록 설득하였습니다. 저는 그 메시지의 좀 더 깊은 의미는 거의 이해할 수 없었습니다. 그러나 도움이 필요한 그때, 그곳에 유엔이 있음은 알았습니다.

그로부터 오십 년이 흘렀습니다. 세계는 더욱 복잡해졌고, 주목해야 할 사람들도 훨씬 늘었습니다. 그동안 저는 세계를 많이 여행했습니다. 수많은 사람들의 삶을 향상하는 유엔의 성공을 보며 가슴이 뿌듯했습니다. 그러나 실패의 광경을 목격하는 고통도 맛봤습니다. 너무 많은 곳에서 유엔의 태만, 혹은 너무 힘없고 뒤늦은 행동에 경악을 금치 못했습니다. 이제 저는 그런 환멸을 추방할 각오입니다.

저는 솔직히 요즘의 청소년들이 유엔이 그들을 위한 좀 더 나은 미래를 만들기 위해 열심히 노력한다는 사실을 알면서 자라기를 희망합니다. 사무총장으로서 저는 청소년들의 희망을 포용하고 그들의 호소를 경청할 것입니다. 저는 낙관론자입니다. 또한 유엔의 미래를 대단히 희망적으로 봅니다. 더 많이 그리고 더 좋은 도움을 줄 수 있는 유엔을 위해 우리 모두 힘을 합칩시다.

경청해주셔서 감사합니다.

반기문 유엔 사무총장이 2006년 12월 14일 뉴욕의 유엔 총회장에서 한 취임선서 연설문입니다.
반기문 유엔 사무총장은 영어와 프랑스어를 번갈아 사용하여 취임선서 연설을 했습니다. 프랑스어 연설 부분은 영어로 번역하고 이탤릭체로 표시하여 소개하겠습니다.

THE SECRETARY-GENERAL-DESIGNATE ADDRESS ON TAKING THE OATH OF OFFICE

*New York, 14 December 2006

I, Ban Ki-moon, solemnly swear to exercise in all loyalty, discretion and conscience the functions entrusted to me as Secretary-General of the United Nations, to discharge these functions and regulate my conduct with the interests of the United Nations only in view, and not to seek or accept instructions in regard to the performance of my duties from any Government or other authority external to the Organisation.

Madam President of the General Assembly, Secretary-General, Presidents of the Security Council, the Economic and Social Council, and the Trusteeship Council, President of the 56th session of the

유엔 사무총장 취임선서 연설

*뉴욕, 2006년 12월 14일

나, 반기문은 충성을 다해 지각과 양심을 갖고 유엔 사무총장으로 나에게 부여된 임무를 다할 것을 엄숙하게 선서한다. 또한 오직 유엔의 이익만을 위해 사무총장의 임무를 이행하고 나의 행동을 단속할 것을 선서한다. 그리고 나의 의무를 수행하는 데 있어 어떤 정부나 유엔 외부기관으로부터 지시를 구하거나 받아들이지 않을 것임을 엄숙히 선서한다.

존경하는 유엔 총회 의장님, 사무총장님, 안전보장이사회, 경제사회이사회, 신탁통치이사회의 의장님들, 제56차 한승수 유엔 총회 의장님, 총회 부의장님 여러분, 내외귀빈과 신사 숙녀 여러분, 친애하는

General Assembly, Mr. Han Seung-soo, Vice-Presidents of the General
Assembly, Excellencies, ladies and gentlemen, Dear new colleagues,

I thank you warmly for your congratulations. Madam President, Secretary-General Annan, let me say how much I appreciate your words of encouragement as I contemplate the responsibilities that lie before me.

I stand before all of you today deeply mindful of the words of the oath I have just taken. Loyalty, discretion and conscience-these, together with the Charter, will be my watchwords as I carry out my duties as Secretary-General.

Secretary-General Annan, I am all the more humbled because it is you I am succeeding in what you have described as "the world's most exalting job". It is an honour to follow in your revered footsteps. I add my voice to the many tributes that have been paid to you today. Every one of them is richly deserved. Your tenure has been marked by high ideals, noble aspirations, and bold initiatives. Your courage and vision have inspired the world.

You have led the Organization through challenging times, and ushered it firmly into the 21st century. You have given the United Nations new relevance to the people's lives. And you have been exceptionally generous to me with your wisdom and guidance, as I prepare to build on your legacy.

새로운 동료 여러분.

축하해주시니 진심으로 감사합니다. 유엔 총회 의장님과 코피 아난 사무총장님, 제가 앞으로 짊어져야 할 책임을 통감하는 이때, 진심 어린 격려의 말씀을 해주시니 얼마나 큰 힘이 되는지 모르겠습니다. 오늘 저는 막 낭독을 끝낸 선서를 마음 깊이 새기며 여러분 앞에 서 있습니다. 성실과 분별과 양심. 앞으로 사무총장의 직무를 수행하는 데 있어, 이 세 가지 원칙과 유엔 헌장을 항상 깊이 명심하고 있겠습니다.

코피 아난 사무총장님. 당신이 '세상에서 가장 영예로운 직업'이라 말씀하셨던 그 일을 저는 이제 더 겸손한 마음으로 계승하려 합니다. 그 존경스러운 발자취를 따르는 것은 영광입니다. 오늘 사무총장님이 받으신 수많은 찬사에 저의 목소리도 보탭니다. 그 모든 칭송이 충분히 근거 있는 것입니다. 사무총장님은 재임기간에 높은 이상과 고귀한 열망 그리고 용감한 결단을 이어오셨습니다. 당신의 용기와 비전은 세계를 감동시켰습니다.

어려운 시기임에도 사무총장님은 유엔을 잘 이끌어, 흔들림 없이 21세기로 인도해주셨습니다. 유엔과 인류의 삶에 새로운 연결고리를 만들어주셨습니다. 그리고 제가 그 훌륭한 유산을 이어갈 준비를 하는 동안 이례적이리만큼 지혜와 조언을 아끼지 않으셨습니다.

Thanks to the early conclusion of the appointment process, I have had the unprecedented privilege of more than two months' preparation before taking office. I have spent much of this time listening to, and learning from, my future colleagues-among delegations, in the Secretariat, and in the wider UN family.

I have witnessed at fist hand the high level of professionalism, dedication, and knowhow that exists throughout the United Nations. Armed with that knowledge, I look forward even more to working with the able and courageous men and women who serve this Organization every day, often in difficult circumstances, sometimes in dangerous ones.

Today, as we pay tribute to Secretary-General Annan's lifelong devotion to the international civil service, we also pay tribute to that calling itself. This path is narrow and steep, and transcends national borders and partisan interests. Many stumble along the way, or take easier detours. Yet, drawn to the enduring purposes and principles of the Charter, young women and men from all parts of the world, from every creed and every circumstance, still yearn to follow this path less travelled. Their enthusiasm and their idealism will animate this Organization for decades to come.

Distinguished delegates,
One of my core tasks will be to breathe new life and inject renewed

임명과정이 일찍 끝난 덕분에 저는 취임에 앞서 준비기간을 두 달 이상이나 갖는 전례 없는 특권을 향유했습니다. 이 기간의 대부분을 저는 미래의 동료들, 즉 대표단 여러분과 국제연합 사무국, 그리고 더 넓은 의미의 유엔 가족의 말씀을 귀담아 듣고, 그들로부터 배우는 데 썼습니다.

저는 유엔의 도처에서 투철한 프로의식과 헌신, 노하우를 직접 체험했습니다. 그들은 종종 어려운 환경에서 가끔은 위험을 무릅쓰고 매일 유엔을 위해 일합니다. 이를 도약대로 삼아, 심지어 저는 더 유능하고 용기 있는 분들과도 함께 일할 것을 기대합니다.

오늘날, 평생을 국제적 공무에 몸 바쳐온 코피 아난 사무총장님의 헌신에 찬사를 보내는 이때, 우리는 또한 소명 그 자체에도 경의를 표하지 않을 수 없습니다. 그 길은 좁고 가파릅니다. 나라의 국경과 당파의 이익도 초월해야 합니다. 그 길에서 많은 이들이 휘청거립니다. 혹은 더 쉬운 방편을 택하기도 합니다. 그러나 유엔 헌장의 항구적 목표와 원칙에 매료된 전세계의 다양한 신념과 다양한 환경을 배경으로 하는 많은 젊은이들은 여전히 이 거친 길을 걷길 갈망합니다.

존경하는 대표단 여러분, 저의 핵심과제 중 하나는 가끔은 무기력한 유엔 사무국에 새로운 활력을 불어넣고 자신감을 공고히 하는 일입니다. 사무총장으로서 저는 직원들의 재능과 기술을 발전시키고, 그들

confidence into the sometimes weary Secretariat. As Secretary-General, I will aim to reward the talent and skill of staff, while making optimal use of their experience and expertise. I will seek to improve our systems for human resource management and career development, offering opportunities for training and mobility. With the United Nations taking more and more global role, UN staff members should also be more mobile and multifunctional.

At the same time, I will seek to set the highest ethical standard. The good name of the United Nations is one of its most valuable assets – but also one of its most vulnerable. The Charter calls on staff to uphold the highest levels of efficiency, competence and integrity, and I will seek to ensure we build a solid reputation for living up to that standard. I assure you that I will lead by example. In this way, I will work to enhance morale, professionalism and accountability among staff members, which in turn will help us serve Members States better, and restore trust in the Organization.

Madam President, Excellencies, ladies and gentlemen,
Equally, we should remind ourselves of what the Charter and the Preparatory Commission at San Francisco Conference in 1945 had to say about the relationship between the Secretariat and the Member States. Neither of these founding documents suggests, at any point, that the Secretariat should be independent of the Member States. Indeed, without States, neither the Secretariat nor the

의 경험과 전문성이 최대한 적절히 쓰일 수 있도록 하겠습니다. 인력 관리와 경력개발의 체계를 개선하고, 훈련과 이동의 기회를 줄 방법을 모색하겠습니다. 유엔이 수행하는 범세계적 역할은 점점 많아지고 있습니다. 따라서 그 직원들도 더 많은 기동력과 다기능을 갖추어야 할 것입니다.

이와 함께 저는 윤리적 기준을 최고 수준으로 높일 것입니다. 유엔의 명성은 유엔의 귀중한 자산 중 하나이자, 가장 실추되기 쉬운 것이기도 합니다. 유엔 헌장은 그 직원들에게 고도의 효율성과 역량 그리고 정직성을 요구하고 있습니다. 저는 우리가 이 기준에 부응하고 있다는 굳건한 명성을 세우고 지켜내기 위해 최선을 다할 것입니다. 제가 먼저 솔선수범하겠습니다. 이렇게 저는 직원들의 사기와 직업정신 그리고 책임감을 높이기 위해 노력할 것이며, 그 결과로 회원국들을 더 잘 살피고 유엔에 대한 신뢰를 회복시킬 수 있을 것입니다.

의장님, 내외귀빈 그리고 신사 숙녀 여러분.
마찬가지로 우리는 유엔 헌장과 1945년 샌프란시스코 연합국회의 준비위원회에서 공표된 유엔 사무국과 회원국들과의 관계를 잘 상기해야 합니다. 유엔 창립문서 어디에서도, 어떤 관점에서도, 사무국이 회원국으로부터 반드시 독립적이어야 한다는 내용은 없습니다. 사실 회원국 없이는 사무국과 유엔 조직 자체도 의미나 목적이 없습니다.

Organization itself would have meaning or purpose.

Member States need a dynamic and courageous Secretariat, not one that is passive and risk-averse. The time has come for a new day in relations between Secretariat and Member States. The dark night of distrust and disrespect has lasted far too long. We can begin by saying what we mean, and meaning what we say.

We cannot change everything at once. But we can build progress in a few areas, and so make way for progress in many more. That will require intensive and continuous dialogue. It will require us to work together transparently, flexibly and honestly. And it will require us to start with an open mind. Today, I ask both colleagues and Member States to work with me in that spirit. You have the right to expect the same of me.

As I have pledged today, my sole duty is to the Organization, its Charter and its 192 Member States. Each brings something special to our common endeavor. Each must be heard. Ultimately, we are all – Secretariat and Member States alike – accountable to "we the peoples." Our publics will not long respect an Organization, or tolerate a Secretary-General, who caters to some, while ignoring the desperate plight of others. Together, we can – and must – do better. Our peoples and our future depend on it

회원국은 역동적이고 용기 있는 사무국을 필요로 합니다. 수동적이고 위험을 피하려는 사무국이 아니라 말입니다. 사무국과 회원국들 사이에 새로운 관계가 정립되는 시대가 열릴 것입니다. 불신과 무례로 점철된 암흑기가 너무 오랫동안 지속되어 왔습니다. 허심탄회하게 진심을 말하는 것에서부터 새롭게 시작할 수 있습니다.

한 번에 모든 것을 바꿀 순 없습니다. 하지만 몇몇 부분에서 진전을 만들어 나갈 수 있습니다. 이것은 더 많은 부분의 발전으로 이어집니다. 이를 위해서는 진지하고 지속적인 대화가 필요합니다. 우리는 함께 투명하고, 유연하고, 정직하게 일해야 합니다. 열린 마음으로 시작해야 합니다. 동료들과 회원국들 모두 이제 이런 정신으로 저와 함께 하길 요청하는 바입니다. 여러분도 저와 같은 기대를 할 권리가 있습니다.

오늘 약속드렸다시피, 저의 단 하나 의무는 유엔과 유엔 헌장 그리고 192개 회원국들에 대한 것입니다. 반드시 모두가 경청해야 합니다. 궁극적으로 사무국과 회원국들 모두는 '우리, 즉 인류'에 책임이 있습니다. 만일 우리가 일부의 이익만을 위해 일하고 다른 이들의 절박한 처지를 무시한다면, 세계 시민들은 더 이상 유엔을 존중하지도, 사무총장을 용납하지도 않을 것입니다. 함께 모여, 우리는 더 잘할 수 있습니다. 더 잘해야만 합니다. 인류의 미래는 여기에 달려 있습니다.

By strengthening the three pillars of our United Nations – security, development and human rights – we can build a more peaceful, more prosperous and more just world for succeeding generations. As we pursue our collective endeavour to reach that goal, my first priority will be to restore trust. I will seek to act as a harmonizer and bridge-builder. And I hope to become known to all of you – Member States and staff alike–as a Secretary-General who is accessible, hard-working, and prepared to listen attentively.

I will do everything in my power to ensure that our United Nations can live up to its name, and be truly united; so that we can live up to the hopes that so many people around the world place in this institution, which is unique in the annals of human history

Thank you very much.

우리 유엔을 떠받치는 세 개의 기둥은 안보, 발전, 인권입니다. 이것을 공고히 함으로써 인류의 후손을 위해 더욱 평화롭고, 더욱 윤택하고, 더욱 정의로운 세상을 만들 수 있습니다. 그 목표의 달성을 위해 우리의 힘을 모으는 데 있어, 저의 최우선 과제는 신뢰를 회복하는 일입니다. 저는 화합과 중재의 역할을 수행할 것입니다. 그리고 여러분 모두에게, 회원국과 직원분들 모두에게 열려 있고, 열심히 일하며, 경청할 준비가 된 사무총장으로 인정받게 되길 원합니다.

유엔이 소명을 다하기 위해 그리고 진정으로 하나 되기 위해 저는 할 수 있는 모든 일을 할 것입니다. 전세계 정말 많은 사람들이 유엔을 신뢰토록 말입니다. 이것은 인류 역사에 아주 특별한 일입니다.

감사합니다.

바보처럼 공부하고
천재처럼 꿈꿔라

신웅진 지음
1쇄 발행 | 2012년 1월 16일
55쇄 발행 | 2021년 4월 1일
펴낸이 | 박봉서
펴낸곳 | 크레용하우스
출판등록 | 제5–80호
주소 | 서울 광진구 천호대로 709–9
전화 | (02)3436–1711
팩스 | (02)3436–1410
홈페이지 | www.crayonhouse.co.kr
이메일 | crayon@crayonhouse.co.kr

ISBN 978–89–5547–267–7 13810